SHALOM
ACADEMY

GOBOOKS
& SITAK
GROUP©

GOBOOKS
& SITAK
GROUP©

三日月書版

三日月書版

SHALOM ACADEMY
Shalom Academy
of Special Animate Beings
Since 1692.
蝠星東來
Presented by LAN QI ZUO REN
novel.藍旗左衽 illust.ダエ
6
輕世代
FW271
三日月書版

Characters

Shalom Academy
Character File

「新手妖怪研習中」

賀福星 *Fu Xin*

外表年齡：16
實際年齡：18
生日：7/17
興趣：電玩、動漫、網拍
專長：自得其樂
喜歡的東西：和朋友在一起
討厭的東西：重補修

混血蝙蝠精

呃，我當了18年人類，
要我馬上習慣妖怪身分，太強人所難了啦！

Shalom Academy
Character File

「警告：危險勿近」

理昂·夏格維斯 *Leon*

闇血族

外表年齡：18
實際年齡：198
生日：11/3
興趣：閱讀
專長：冷兵器
喜歡的東西：安靜閱讀
討厭的東西：被迫做不想做的事

你並沒有照顧我的義務，你到底有什麼企圖？

Characters

Shalom Academy
Character File

「嚴禁餵食」

洛柯羅 Rocort

外表年齡：18
實際年齡：？
生日：？
興趣：吃、和福星玩
專長：連續不斷地吃
喜歡的東西：吃點心
討厭的東西：蔬菜

妖精

吶，你身上有甜甜的味道，是食物嗎？

Shalom Academy
Character File

「拜金奸商」

翡翠 Emerald

外表年齡：18
實際年齡：98
生日：6/6
興趣：賺錢
專長：數學、歷史
喜歡的東西：營業盈餘
討厭的東西：營業虧損

風精靈

免費？我豈是膚淺到把友情看得比錢還重要的人！

Characters

Shalom Academy
Character File

「資深偽正太」

寒川 *Samukawa*

黑天

外表年齡：12(偽裝前) / 40(偽裝後)
實際年齡：854
生日：1/1
興趣：表：深造鑽研異能力操控
　　　裡：收集可愛的東西
專長：咒術操控
喜歡的東西：泡澡、可愛的物品
討厭的東西：錯誤百出的作業、山寨品

當掉，全部重修。

Shalom Academy
Character File

「生猛獸族。隱性傲嬌」

布拉德 *Brad*

狼

外表年齡：19
實際年齡：98
生日：4/1
興趣：鍛鍊自我、極限運動
專長：武術、家政
喜歡的東西：在陽光下揮灑汗水
討厭的東西：闇血族

多說無益，是男子漢就用拳頭來溝通！

Characters

Shalom Academy

Character File

「聖母降臨」

珠月 Zhu Yue

蛟人

外表年齡：17

實際年齡：97

生日：3/5

興趣：欣賞少年間的不純友誼互動

專長：水中競技、文學、3C用品操作維修。

喜歡的東西：花卉、男人的友情

討厭的東西：海底油井、逆CP

……你還好嗎？不要過度勉強自己，我會幫你的。

Shalom Academy

Character File

「強效去汙」

丹絹 Dan Juan

蜘蛛精

外表年齡：17

實際年齡：99

生日：9/7

興趣：鑽研知識

專長：各科全能，清潔保健。

喜歡的東西：排列整齊的書櫃

討厭的東西：髒亂不潔。

這種等級的作業對你來說有這麼難？你的腦袋是裝飾用嗎？

Characters

Shalom Academy
Character File

「女賓止步」

以薩·涅瓦 Isaac

闇血族

外表年齡：18
實際年齡：122
生日：2/5
興趣：園藝、植物
專長：數學、植物學
喜歡的東西：花朵、溫室
討厭的東西：人群

女孩子像花一樣，很漂亮，但是很脆弱……福星的話，是塑膠花。

Shalom Academy
Character File

「欠管教惡貓」

小花 Floral

貓妖

外表年齡：16
實際年齡：203
生日：11/16
興趣：美男鑑賞、觀察他人
專長：情報搜集
喜歡的東西：不為人知的祕密、美男
討厭的東西：自以為是的正義魔人

知道人們的祕密後，要他們聽令並不難。

Characters

Shalom Academy
Character File

「超肉食女王」

歌羅德 *Grod*

巫妖

外表年齡：28
實際年齡：80
生日：12/24
興趣：美妝、逛街、作弄寒川
專長：巫毒、巫咒、作弄寒川
喜歡的東西：聖羅蘭口紅
討厭的東西：僵硬的教條規範

你是在忤逆我嗎？嗯？

Shalom Academy
Character File

「無限放空」

子夜 *Zi Ye*

玄鳥

外表年齡：17
實際年齡：86
生日：5/2
興趣：發呆，看天空
專長：召喚系咒語
喜歡的東西：亮晶晶的小東西
討厭的東西：靜電

……喔。

Characters

Shalom Academy
Character File

「成人限定」

紅葉 Momiji

炎狐妖

外表年齡：18
實際年齡：92
生日：7/25
興趣：購物、交際
專長：被搭訕、被請客、被告白
喜歡的東西：居酒屋
討厭的東西：梅雨季

曖昧不明的，很釣人胃口呐。

Shalom Academy
Character File

「天真無邪」

妙春 Taeharu

狸貓妖

外表年齡：10
實際年齡：？
生日：10/20
興趣：翻花繩、爬山
專長：編花冠、丟沙包
喜歡的東西：花手鞠、橛餅
討厭的東西：臭魚乾

福星，你是痴漢嗎？

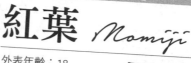

Characters

Shalom Academy

Character File

「特級暖男」

希蘭 *Shiran*

外表年齡：18
實際年齡：109
生日：12/19
興趣：小提琴、詩社
專長：古典文學、政治學
喜歡的東西：歌劇、音樂會
討厭的東西：期末評鑑

風精靈

小心點……
你和福星一樣要人費心照顧呢。

Shalom Academy

＝蝠星東來＝

contents

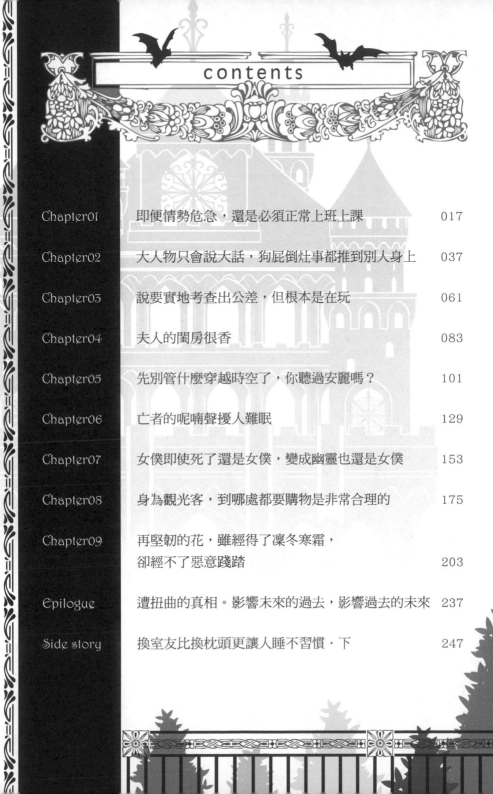

Chapter01

即便情勢危急，
還是必須正常上班上課

初秋，夾雜著夏末餘暑以及入秋微涼，寒暖交雜的時節，新的學期開始。

「一A至一D的學生請往前排左手邊移動，E班至H班的同學請到走道右後方，師長席後面那一區——不准使用異能力！不准飛行！不准跳躍！用走的！」

代表著夏洛姆學生自治會的寶瓶座成員，臂上戴著風紀委員臂章，胸前別著以暗藍和銀藍色構成的水瓶圖騰胸針，分布在室內體育館中，管理指揮著初入校園的新生們。

「今年的新生好多喔。」幸運被分配在機動組的福星和以薩，站在入口處，看著川流不息湧入館內的學生們，嘖嘖稱奇。

「聽說是創校以來第二次。」以薩開口。這是從小花那兒聽來的資訊。

夏洛姆歷年來每屆學生平均維持在兩百人左右，分為五個班。但今年，人數暴增了兩倍，共開了八個班級。過多的人員使得主堡大廳的空間不敷使用，只能轉移到體育館舉辦開學典禮。

二年級與三年級的舊生先行入場，坐在二樓與三樓原有的觀覽席區。一樓的木質地面鋪上了暗紅色地毯，擺滿銀色折疊椅，縱橫交錯排列成整齊的區塊。那是所有布朗尼連夜加班的成果，連房務組和食堂組的都被調派過來支援。

額外的工作讓布朗尼們非常不滿，這股怨氣忠實地反映在這兩天的膳食上。每道菜都做得很隨便，主菜半生不熟，甜點的色澤和味道都非常詭異，連洛柯羅都吃不下去。

昨夜晚餐時刻，吃完了乏善可陳的餐點，布拉德咬了一口鮮橘色的點心，非常沒水準地直接吐回盤內。

「這馬卡龍是用黏土做的嗎?!」他毫不留情地揚聲抱怨。「我分不出來這和廚餘桶裡的東西有什麼差別！那些長翅膀的小侏儒，味覺和外表一起崩壞了嗎！」

「噓。」翡翠壓低聲音給予忠告，「建議你小聲點，反正撐過這兩天就算了。」

「憑什麼？」布拉德顯得不以為然。「不過是布朗尼罷了。」

「有個傢伙昨天中午衝到洗衣部門義正詞嚴地質問為何他的襯衫沒燙出三條線，為何毛巾沒使用柔軟精。結果隔天晚上送洗回來的內褲被泡了胡椒水……」

「誰啊？」

「想也知道是丹絹，只有他會提出這麼龜毛的要求。」小花冷笑。

「怪不得我剛看他走路姿勢像長了痔瘡。」紅葉啜著果汁，嘴角勾起妖媚萬千的笑，「還以為他昨晚自己玩太凶呢。」

千萬不要得罪幫你準備食衣住行的人。眾人發出會心的微笑。

目光回到現場。掛著風紀臂章的小花，穿越人群來到入口處。她的前額滲著汗珠，反映出她的忙碌，皺著的眉頭透露出心中的不爽。

「很悠閒嘛，兩位。」

「怎麼了？」

小花握拳，拇指向後一指，「三樓看臺E區的冷氣出風口壞了，那群自以為高貴的精靈們像經前躁鬱症的小妞一樣難搞。」

「我馬上去通知總務組檢查一下。」福星準備動身。

「不必，我已經拜託布朗尼維修了。」

「那妳來找我幹嘛？」

「只是想告訴你，若是他們等會兒又來抱怨，請無視。」小花勾起殘酷的微笑，「我塞了幾個銅幣給那些小傢伙，叫他們順手在出風口放幾隻死蟾蜍。」

福星苦笑。

以薩淺笑看著小花。小花大剌剌地挑眉回瞪，「怎樣？」

「妳總是這麼有朝氣。」以薩笑著開口。

「大概是因為我能曬太陽的關係。」小花理直氣壯地反諷。「不像闇血族，見不得光。」

以薩不以為意，以帶著敬佩的眼光盯著小花，「要怎樣才能像妳，既強韌又有活力？」

「何不學你祖母，抓幾個處女拿她們的血洗澡？」

福星為小花捏了把冷汗，「喂！」講這樣有點過分了吧？

「處女或許比較難找，處男的話眼前就有一個。」小花雙手環胸，慵懶地用手肘撞了撞福星的背。「福星，終於派得上用場了吶。」

福星驚惶地看向以薩，深怕對方會因此憤怒或悲傷。

以薩是血腥夫人麗・克斯特後裔的事在不久前曝光。同時，他也成為了南方闇血族眾氏族的領導者。

原本低調無名的以薩，瞬間變成眾人注目的焦點。大家看待他的眼神不再像以前一樣冷漠輕忽，敬畏、崇拜、懼怕，甚至是敵意，取而代之出現在眾人眼底。

就連福星，在剛開始也對以薩身分的轉變感到不太適應，說話時的用字遣詞比以往謹慎了些。

面對小花肆無忌憚的諷刺，以薩並不在意，反而笑得更加明顯。

「小花，妳真有趣。」以薩由衷開口。

在身分曝光之後，幾乎沒有幾個人敢和他往來，更沒有幾個人敢和他說笑，小花直來直往的態度，真摯到尖銳的話語，反而讓他感到自在。

看著一臉單純、掛著崇拜目光的以薩，小花一時間不知該如何面對，皺眉低斥了聲，靠著大門逕自閉嘴休息。

大廳內的喧譁聲驟然停止。望向廳內，為數眾多的學生們已就座，夏洛姆的教職員致詞代表葛雷走向臺中央。

「好多人喔。」看著那片黑壓壓的人影，福星忍不住再次感嘆。

當初，他因為水土不服而錯過了始業式；去年，他坐在主堡大廳二樓的雕花木椅上，看著底下的新人踏入這新環境的第一步。

再過一年……不，正確來說是十個月，他將離開此地。

為什麼夏洛姆的學制只有三年啊。特殊生命體的壽命比人類長好幾倍，為什麼就學的時間不跟著延長幾倍呢？三年，竟然這麼短……

過了這十個月，他會在哪裡？是回到家鄉，繼續努力做個好「人」嗎？

他連自己是什麼都不知道。

甩了甩頭，拋開讓人不舒服的雜念，將注意力放回眼前。

「人多也很好，這樣學園裡會更熱鬧。」福星笑著開口，「招到這麼多學生，看來特殊生命體界越來越贊同夏洛姆了呢！」

桑珌校長的創校理念，就是希望特殊生命體能夠更加理解人類，進而和人類和平相處。能夠得到認同，代表特殊生命體界對人類的態度越來越開化。

說不定，甚至和白三角之間的對立與戰爭，也能以和平的方式解決——

「未必。」小花冷冷打斷福星的美夢，「如果真的認同，就不該是在這個時節才加入。」

「啥？」福星一臉茫然。他突然想到，以薩剛才說，今年是夏洛姆成立以來第二次人數暴增。「對了，上一次入學人數暴增是什麼時候？」

「夏洛姆創校約七十年時，一七五六年開始的七年戰爭。幾乎歐陸所有國家都被捲入，範圍跨及美洲和印度的國際戰爭。」以薩輕嘆了聲，「雖是人類為了爭奪領土和殖民地所引起，但各國貴族背後都有特殊生命體掌權干涉政局，所以白三角的人也趁著戰爭爆發，肅清征討特殊生命體。那場戰爭死了很多人類，也死了很多非人類。」

福星一臉困惑，「戰爭和夏洛姆人數激增有什麼關聯性？」

「為了窩在學園結界裡躲避戰亂。但這只是少數。大多數人進入學園的目的是為了變強，鍛鍊異能力和各種咒術以便應戰。在夏洛姆這中立地帶，各種族裔只有在這裡才能撇開宗族世仇，放心地團結一致，面對更大的仇敵——白三角。」小花停頓了一秒，「嚴格來說，夏洛姆根本是軍事中心，擁有著全世界最精銳的異種軍隊。」

福星不語。

他想到理昂，他的室友，也是為了相同的目的進入學園。

從修學旅行結束後就一直放在口袋裡、斐德爾給的金釦，彷彿有生命一樣，提醒著福星它的存在。

始業式典禮結束後，寶瓶座的成員們留下來清場善後。福星再度被分派到倉庫，負責指揮布朗尼回收地毯、折椅。

忽地，他的肩膀被戳了兩下，一回頭，只見子夜站在身後。

「怎麼啦?來找寒川嗎?他這次不在庶務組。」福星猜想子夜八成又是來找寒川玩……不，應該說是玩寒川。

不知道為什麼，對子夜而言，把寒川惹到暴怒跳腳，似乎是件很有趣的事。

「那個，不是。」子夜停頓了一下，「你放在我房間的東西……」

「喔，那是修學旅行的名產呀。送給你。」他在旅行中，每一站所到之處都買了點小東西做為紀念，回來分送給所有親友。

「但是，我和你們同行。」況且，明年他也有機會去。正確來說，他想什麼時候去都可以，特殊生命體不缺時間，也不缺錢。

「啊唷，我看你一路上都在恍神，根本沒有買什麼東西。」福星理所當然地開口，「反正只是些小玩意，價格又不貴，給你留著當紀念啦。」

子夜盯著福星，然後微微低下頭，眼底露出難以言喻的靦腆，「謝謝。」

「不用那麼客氣啦……」福星不好意思地抓了抓頭。

子夜離去後，福星繼續他乏味的工作。

說到紀念品，他突然想到，有一份精心包裹的伴手禮還放在他的背包中。他在買的時候算好人數，但回來後，不管怎麼算都多出一份。每個該送的人都送了，他實在想不出在買的時候究竟是把誰算進去了。所以他乾脆隨身帶著，想說一認出要送禮的人，就把禮物送出。

是誰呢？

總覺得在記憶中，有個似近又遠、既清晰又模糊的身影，很熟悉，又很陌生的朋友。

到底是誰？他想見他……

一般如煙霧般朦朧輕飄的感覺襲上意識，他對這種感覺已逐漸習慣。

啊，又來了。福星緩緩閉上眼，接納這陣暈眩。

但這次腦中並未響起耳熟的召喚聲，而是自己主動地抓住有如浮絲一般的縹緲感，一步一步地捲線，朝著幽忽的目標前進。

朦朧中，他走到常去的園林深處，來到了那棵熟悉的大樹下。

啊，對，就是這裡。他要把禮物送給他……

然而，那總是坐在樹下等著他到來的人影，此時卻杳無蹤跡，樹下只有入秋後掉落的葉片，積成一座褐色的小丘。

失落感湧上心頭。

對了，買好的木頭卡片還沒寫，在法國小鎮買的手工木製卡片。

恍惚中，他拿出筆，在雕花的彩繪木板上寫了些字，然後放入精美的紙袋之中。要在袋面上留下對方名字時，他猶豫了。

名字呢？叫什麼名字？總是掛著微笑，靜靜聽他抱怨，聽他廢話，總是毫無不耐的朋友，叫什麼？

他記不起來。

腦海裡印象最深的，是對方的眼。

深色的眼眸，像是融合了各種的色彩，幽闃深邃，有著深沉的智慧、深沉的黑暗，以及——

深沉的孤獨。

好吧，只好把禮物放在這裡，希望他收到……

當意識回復時，福星發現自己已回到房中，趴在桌上。他對剛才發生的事，和以往暈眩清醒後一樣，一片模糊。

福星皺了皺眉。怎麼又來了？這該不會是某種失智前的症狀吧？

他悶悶不樂地打開背包，拿出作業。原本塞在裡側的小包裹，已消失無蹤。

秋夜微涼，金風颯爽。

星期五，正值放假前的黃金小週末。晚間十點多，大部分的課程已結束，學生們散布在宿舍、食堂，與伙伴相約商討假日的安排。

以地下通道連接男女宿舍的學生活動中心，雖然設置在地面之下，但天花板的部分經過特殊設計，以強化玻璃築成，白晝時升起防紫外線的深色隔熱玻璃，夜晚時則轉換成透明的板面，讓人雖處於地下，卻不至於產生密閉感。

學生活動中心宛如飯店休閒區一般，撞球、吧檯、ＫＴＶ、小型電影院包廂……應有盡有。包括三年級生才擁有的班級專屬交誼廳，也位在這地面下的歡樂世界裡。

三年Ｃ班的交誼廳裡，空蕩的房間中只有兩個人。

福星坐在沙發上，背靠在柔軟的椅背上，頸後和腰後分別放了兩臺電動按摩機，舒緩著痠痛的肩頸背。鬆弛的身子隨著機器的運作微微震動，加上因舒適而恍惚呆滯的表情，看起來像痴呆的失智患者。

坐在福星身旁的布拉德，眼睛瞪大，表情認真專注到幾乎猙獰。他低著頭，聚精會神地盯著手中的東西，並且不時地點頭，看起來宛如被邪靈附身，似乎下一秒就會仰首咆哮來自地獄的嘶吼，然後吐出有如蠶寶寶血的綠色汁液。

剛下課就立即前來與伙伴會合的翡翠和丹絹，一進門就看到這詭異的景象。

福星懶懶地望向來者，「喔喔喔……翡翡翡翠……你你你們來來來來啦啦啦啦啦啦？」頸後按摩機的震動，使得聲音跟著顫抖，有如跳針的唱盤。

丹絹搖搖頭，嘖嘖稱奇，「認識你兩年，我以為自己已經習慣了你的愚蠢，但你總能在這方面推陳出新，有所超越。」

福星轉動顫抖的頭顱，「什什什什麼麼麼？」

「就是說你蠢得很有創意。」翡翠走向長桌，放下背包，經過布拉德時斜眼瞥了一記，赫然發現讓布拉德聚精會神的東西，竟然是福星的PSP遊戲機。

「該死！」布拉德低咒了聲，惱怒地用力按鍵。

「喂喂喂！小小小心心心點！」

「布兒，你還好嗎？」翡翠以帶著困惑的同情目光望著布拉德，「遇到了什麼挫折困難可以說出來，身為好友兼心靈導師的翡翠隨時靜候，傾聽你的苦處。」他揚起聖人般的笑容，「諮商費每小時算你十歐元就好。」

「噢，閉嘴！」布拉德轉身背對翡翠，「安靜點，不要干擾我！」

「他他他只只只是是是不不不服服服輸啦。」福星賊笑著解釋。

「什麼？」

「就就就就是是是是——」

「拜託你先把機器關掉……」翡翠沒好氣地翻了翻白眼，「和你對話的我看起來也像個蠢貨。」

福星將手伸向腦後，關掉電源，機器運作的嗡嗡聲立即消失。

「我之前玩的遊戲，布拉德借去玩，但一直破不了關，只是等級 EASY 的兩星級歌曲呢。」接著露出得意自滿的笑容，「順帶一提，敝人我已經進入到最難的等級。」

翡翠和丹絹互望一眼，心照不宣。

「他怎麼會突然對這東西有興趣？」丹絹反問，「該不會和珠月有關吧。」

「你真聰明！」福星敬佩地看著丹絹，「因為珠月也買了一臺玩這個遊戲。」

「這種簡單的推理不需要動用到我的智慧。」丹絹高傲地輕哼，然後以一種微妙的表情盯著布拉德，那種得知剛握完手的對象患有性病的表情。「所以說，這個遊戲到最後會有男人交媾的畫面出現？」丹絹不著痕跡地向後退一步，彷彿想要遠離對自己有負面影響的根源。

布拉德和福星身子重重一震。前者緊接著發出一陣咒罵，然後是一陣狂按，最後是惱怒的低吼，顯然是又輸了。

「蠢蜘蛛！你耍什麼低能！」

「喂！不要弄壞我的PSP！」福星斥喝，接著轉頭看向丹絹，「這是普通的節奏遊戲，沒有那麼重鹹的設定！」

「是喔。」丹絹點點頭，「我想說珠月會有興趣的遊戲，應該是……」

「拜託，你把她想成什麼了。」翡翠沒好氣地哼聲，「再怎麼說，她好歹也是個正常的女孩罷了。」

「或許吧。」丹絹坐入福星身旁的長沙發上，逕自伸手將放在福星頭後的按摩機拿到面前端詳，「你怎麼總是有些奇奇怪怪的東西。」

「這很有效耶！而且按摩球會發熱，全身痠痛或疲勞時用一下，超舒服的！」福星轉身拿起放在腰後的另一組按摩機，「搭配腰部專用機臺，紓壓效果加倍！整組特惠三千五，有學生證再打九折，超划算的！」

翡翠頻頻點頭，「很好，聽起來不錯，幫我訂個十組，我要用原價轉賣。」

「要訂你自己訂啦！」

「疲勞？」布拉德挑眉，「我以為你向來悠閒。」

「是寶瓶座的工作太累嗎？」翡翠想起開學典禮時，寶瓶座的幹部們都忙到槁木死灰。「來點紓壓放鬆的薰香精油如何？還是增強體力的神奇藥湯？嗯，不過喝了之後好像只會讓某個部位精力百倍——」

「請你閉嘴。」布拉德打斷了翡翠的話語，看向福星，示意對方繼續方才的對話。

福星不好意思地抓了抓頭。「主要是因為這學期修的課比較多啦……」

「聽說你選了三十六個學分。」丹絹一手撐著下巴，以夾雜著讚賞和審視的目光盯著福星，「第一次有人在選課彙整表的排序上是在我前面。」

學員選課彙整表是以選課數的多寡，由多至少降冪排列，公告在主廳，讓學生核對選課是否正確。二十三到二十八是一般學員修的學分數，丹絹則是平均修三十學分。

「這麼多？」翡翠詫異，「主修學分不是只有十八？你選那麼多課幹嘛？」接著，又自顧自地擊掌，推論出答案，「我懂了，你是想說多修一點課比較划算對吧！繳同樣的學費卻上比較多的課，這種想法非常實惠！」

「還是說，你也開始了解知識的迷人之處，然後……」丹絹眼神一凜，「也開始對學級榜首的位置感興趣？」

「並不是每個人都和你一樣無聊。」翡翠沒好氣地吐槽，「況且，就算他有興趣，也沒能力，不足以構成威脅。」

「這倒是。」丹絹點點頭，「畢竟除了後天努力，擁有超凡的聰穎天資也是非常重要的。要像我一樣兩者兼具，老實說，非常困難罕見。」

布拉德斜眼瞪了丹絹一眼，露出了有如在電梯裡聞到硫磺屁的表情。

「我只是想多充實自己啦。」福星不好意思地嘿嘿乾笑自嘲，「都混了兩年，最後一年總該振作一點啦。總不能一直當個沒用的廢物……」

布拉德等人看著福星，「你高興就好。」

丹絹起身，順手拍了拍福星的肩，「知道自己能力不足，努力就是。」他認真地看著福星，「但別說自己是廢物。」接著逕自走向書報櫃，拿起當期的科普雜誌翻閱。

福星淺笑以對。

事實上，他只是想和伙伴多相處一些時間。只要是同伴們有選的課，他都去選。最後的一年，他想過得充實點，讓每一分每一秒都不是獨自一人，無時無刻不守在伙伴身旁。

門扉傳來試探的敲擊聲。

「進來。」

門板向內側開啟，嬌小的人影出現在門邊，穿著仍帶著折痕的新制服，三名顯然是新生的少女，步入屋中。

「有什麼事嗎？」

「請問……」綁著雙馬尾，擁有金棕色長髮和淺青色眼眸的少女，目光環視三C的四人，目光定焦在福星身上，發出了一陣充滿驚喜又崇敬的輕呼，接著戰戰兢兢開口，「請問我們有榮幸與闇夜帝王、魅影黑星賀福星學長說幾句話嗎？」

四人同時愣愣，顯然被那全然陌生且詭異的形容詞，暫止了思考能力。「啥？」

「闇夜帝王？魅影黑星？賀福星？」丹絹看著一臉認真的少女們，感到十分不解，「我有點分不出這是諷刺還是讚美……」

「聽起來像牛郎的花名。」翡翠輕笑。「福星，你又搞了什麼鬼？」

福星乾笑，「我不知道……」雖然他也對那既霹靂又詭譎的封號感到一頭霧水，但對方的態度讓他有些受寵若驚。「請問妳是？」

榮幸？什麼時候和他賀福星說話是一種榮幸了？是因為擔任寶瓶座幹部的關係，所以得到如此殊榮嗎？老實說，被學妹們這樣崇拜，感覺滿爽的。

「一年A班艾樂絲·蘭登。您在修學旅行時深入白三角總部，並且殲滅了一整師精銳部隊的事蹟，已經廣為流傳了。」雙馬尾女孩訴說的口吻，彷彿在轉述英雄史詩般，充滿憧憬與尊敬。

「是呀，竟然還奪取了上級幹部的金釦！」

「實在太厲害了！」

另外兩名少女興奮地說著。

福星的臉色一沉，「我沒那麼了不起。」那不是他的成就，他沒那麼偉大。

他什麼也不是，只是有幸被一群善人保護的弱者。

翡翠、布拉德和丹絹互看一眼。

修學旅行的結尾雖然看似和平，但是福星失蹤的那幾天，依然是個模糊不清的謎。

對福星隱瞞獵殺白三角這個隱藏任務的事被揭開之後，眾人便不太在福星面前提起白三角。似乎一提起，就會讓人聯想起修學旅行的黑暗面，想起他們隱瞞福星、欺騙福星的事實。

即便是出於善意，沒人會想被當成傻子一樣被隱瞞、保護。

在時間沖淡修學旅行的記憶之前，白三角成了個敏感而略顯尷尬的話題。

「您與您手下之間的故事，振奮鼓舞了許多人。」艾樂絲繼續開心地說著。

「手下？」布拉德對這詞非常不以為然，「是在說我們嗎？」

「真是豈有此理！明明我才該是這個團隊的領導者吧！」丹絹憤憤不平地拍桌起身，「我可是連續四學期的學級排名榜首啊！」

布拉德拍了拍丹絹，「你也是『最不想和他往來』和『自以為是』排行榜的榜首，坐下。」

「他們不是我的手下，是我的朋友。」福星口氣冷淡地說著，「我沒什麼了不起的，和學園裡任何一個人比起來，我都差得遠了，並不值得被如此崇拜。」

「既驍勇又謙遜。」艾樂絲讚賞地開口，「就算撇開您的事蹟不提，福星學長俊帥的外表和謙和的內在，也是讓人憧憬敬佩的。」

「俊帥?!」翡翠和布拉德對這詞彙抱著質疑態度。

「不，她說得倒也沒錯。」丹絹一手撐著下巴，一邊打量著福星，一邊認真評論，「福星這暑假長高了不少，五官也成熟了些。」和冷豔的芙清更加相似。「確實是比以往更有魅力，雖然帥得不是很明顯，至少不醜。很不醜。」

「呃，謝謝喔……」

翡翠露出怪異的表情，「原來你一直都在觀察福星。」

布拉德皺眉，「根本是痴漢。」

「少胡說八道！我只是比你們這些麻木遲鈍的傢伙纖細敏感了點！」

「你全身上下纖細的可能不只神經。」翡翠竊笑。

布拉德和翡翠擊掌。他們最近越來越有默契，在消遣丹絹這方面。

丹絹咬牙怒吼，「庸俗下流的東西！」

福星看著瞎鬧的伙伴，尷尬地看向艾樂絲，「呃，所以妳們來找我是有什麼事？」

「我接到使令。」艾樂絲回頭，身後的褐色長捲髮少女將一封紙捲遞上，「蒂娜學姐要我把這封通知給你。」接下紙捲後，她將之轉交給福星，也讓福星看見她手背上的淡藍色符文。那是新生考驗的標記。

蒂娜是這一屆的書記官，負責傳送消息。紙捲的封口處，有著寶瓶座圖騰的封蠟，封蠟的顏色是血一般的暗紅。

這是A級重要會議的代號。

「謝謝。」福星牽起艾樂絲印有符文的手，輕輕端到面前，「使令完成。」纖白手背上的水藍符文，微微亮起黯淡的光芒，接著消失。少女粉白的臉，因著這不經意的舉動，而泛起淡淡的紅暈。

「辛苦妳了。」福星揚起微笑。

「一、一點也不！」艾樂絲略顯慌亂局促地收回手，「請您繼續加油！」語畢，三人深深地鞠躬之後，退出交誼廳。

門扉靠上後，屋內隱約能聽見外頭爆出一陣興奮狂喜的叫聲，少女們的輕笑與話語聲漸行漸遠。

「福星啊……」翡翠興味盎然地笑著，「受人歡迎的感覺如何？」

「不知道。」福星淡然開口，「或許有點爽吧。」

去年學園祭時，瑪格麗幫他施了媚咒，讓他受人歡迎。雖然這次乍看之下，是靠著自己的個人魅力贏得讚賞，但他心裡有數，這是假的。

拆開公文，裡頭是召開緊急會議的通知，時間就在夜間十一點，也就是四個小時之後。

九點是遠距離兵器實作演練課程，兩小時，和理昂一起修課。

演練場在校園西北隅的丘陵地，和位在主堡的寶瓶座主會議廳有點距離。

上完課再趕去應該還來得及吧……

才學期初就召開緊急會議，是發生了什麼事呢?夏洛姆又要辦大活動了嗎?

想起修學旅行，福星內心揪了一下。

該不會，又要殺人……

Chapter02

大人物只會說大話，
狗屁倒灶事都推到別人身上

遠距離兵器教授的武器以槍械為主，也就是相較於刀劍的熱兵器，但傳統的弓弩、拋擲類的暗器也包括在其中，中靶的準確度是這門課的核心。

福星提早到達練習場旁邊的教學大樓，已有不少修課的學生在那兒等候。以往武門方面的課雖然不至於淪落成冷門課，但開在週五夜間的課絕對不可能有這般踴躍的光景。

進了階梯式教室，遠遠就看到角落的座位有幾個人聚在一起，仔細一看，被人群簇擁著的是以薩。數名闇血族學生恭敬地站在以薩身旁，不知在商討什麼。以薩的表情冷靜而肅穆，雖然開口的次數不多，但儼然散發出一種領導者的氣息。

當初那個整天穿著厚重衣服、內向低調、和自己坐在花臺下製作寶瓶座報告的以薩，如今是闇血族的另一名領袖。而自己呢？福星忍不住感慨。

以薩發現福星的身影，便支開身旁的人，主動走到福星身邊，一起到最後排的位置坐下。

「收到緊急通知了吧？」以薩勾起淡淡的苦笑，「週五晚間十一點的會議，真是任性的決定。」

福星點頭，跟著抱怨，「就是嘛。希望不要耽誤到假日！」

過沒多久，小花和珠月也進了教室，福星朝她們揮手，招呼她們到後面的座席。以薩換到福星另一側靠近牆角的位置，珠月和小花則坐進福星前方的空位。

雖然身分公開，升格為南方闇血族領導者，讓以薩成長堅強了不少，但是對於女生，他還是下意識地想迴避。

「你的體內有著嗜血的基因，為了你好，也為了那些無辜的弱者好，遠離女性！」這是自幼童時期，他的道德監督者對他的教誨，用強硬的手段，將之刻印在他的意識之中。

夾著八開素描本的小花和珠月，身上散發出炭粉的氣味，指尖帶著點灰黑。那是上一堂進階美術課所留下的痕跡。福星本來也想選修，但因為沒有選過初階美術，所以被擋修了。

讓他不解的是，一樣沒修過初階美術的洛柯羅，竟然也選修了這堂課。撇開洛柯羅是如何加選成功不談，他極度懷疑這個只對吃有興趣的傢伙，真的知道自己選的是什麼？

福星回想起上學期，珠月和小花在做戶外寫生作業時，洛柯羅一起跟去湊熱鬧的場景。

「這什麼？看起來好好吃喔！」洛柯羅盯著珠月的粉彩盒，發出如此讚嘆。

「妳不覺得褐色的色鉛筆看起來很像pocky嗎？粉紅色的也是！」

因為這句話，讓小花和珠月在畫具箱上加了鎖，避免自己的畫材被吃掉。

「今天畫了什麼？」福星好奇地盯著珠月的畫冊，同時很自動地從背包裡拿出溼紙巾，讓匆匆趕來的兩人擦手。

「噢，謝謝！」珠月露出感激的笑容，「你總是這麼貼心。」

「沒什麼啦。」福星不好意思地搔了搔頭，「和妳學的。」

珠月總是像媽媽一樣，貼心地照料身旁的人。他希望自己也能像她一樣，不經意地在微小的地方帶給別人溫暖。

「真是個好男人。」珠月感嘆，然後轉頭對小花露出個意味深長的笑容。小花回以淺笑。

福星不明所以。看來這兩人又在交流些旁人無法理解的深奧笑話。

看著染上黑色汙漬的紙巾，福星開口，「炭筆素描？」

「是啊。」珠月漾起燦笑，握拳，以一種得償所願又帶點狠勁的語氣開口，「哼哼，畫了一學期的水果和餐具，終於可以畫人體了！」

「上週不就畫了？」福星回想，「我記得模特兒是女海妖？」

坐在石椅上的女妖，下半身只有一條白布披放在腿上，玲瓏的曲線若隱若現，上半身則完全赤裸，僅靠烏亮的長髮垂在胸前，微妙地遮掩。

「喔，是啊。」珠月露出個沒興趣的表情，但仍然淺笑，「二年級的海蓮娜，她很美。但這週的模特兒更可……」珠月停頓了一秒，似乎在腦中搜索較適當的詞彙，「呃嗯，更可愛、更傑出。」

福星在心裡和自己打賭，珠月原本想講的絕對不是可愛，而是可口。

「是誰呀？」

珠月和小花互看了一眼，勾起笑容，前者將素描本遞給福星。

福星將畫冊打開，一頁一頁往後翻，在翻到海蓮娜那一頁時，偷偷停頓了一下——沒辦法，珠月畫得很好，海蓮娜又正到爆，想多看幾眼也是難免——接著再往下翻。

「呃！」

畫面中的人有著淺色的短髮，裸著身坐在石柱上，一手置於膝蓋，撐著下巴，和著名雕像「沉思者」有著同樣的姿勢。

修長而精碩的身形，肌肉和骨骼以完美的比例結合，既剛毅又勁韌，深邃俊逸的容顏是他看了兩年多的熟悉面孔，但他從未在這張臉上看過如此堅毅雋拔而又孤高深沉的表情。

「洛柯羅？」福星詫異，「怎麼是他？」

「雖然這傢伙的內在有點異常，但他的外表絕對最適合拿來當素描的題材。」

「呃，可是，他如果當模特兒的話，自己不就沒辦法畫了？」

「你以為他憑什麼能跨修美術？」小花沒好氣地解釋，「維克多教授為了拉攏他來當模特兒，無條件讓他跨修，並且保證期末絕對會合格，躺著都能過。」

「太好了吧！」長得帥還真吃香。福星繼續盯著畫。「我第一次看見洛柯羅這樣的表情。妳們是怎麼辦到的？」

「很簡單。」小花悠哉開口，「放盤點心在他面前，然後叮嚀他兩個小時後才能吃。」

談笑時，黑色修長的身影緩緩進入教室，來到後排的座位。是福星的室友，理昂・夏格維斯。

「嗨，晚安呀！」福星向裡側移動些，讓理昂方便就座。

以薩伸手和理昂簡單地打了個招呼，理昂點頭，坐入福星身旁的空位。

理昂進屋的那一刻，教室中的喧鬧聲瞬間減弱降低，雖然只有電光石火的那一瞬間，但那倏忽之間的變化，已透露了許多事。

闇血族的北派領導者，和新興的南派領袖，出現在同一個場合。眾人都在觀察兩人的互動，觀察以薩的崛起是否對夏格維斯家造成威脅，觀察哪一方會占上風，作為選邊站時的參考依據。

亂世將至，找個穩固的靠山，比增進自己的能力更實在。

理昂的上一節課是西方哲學史。長達兩學期的選修課，冷門中的冷門，是由學園內最年長的半人馬，山杜爾族碩果僅存的後裔之一，奇倫．比拉泰所教授。包含中途退選的人在內，每次修課者總是不超過十個。

「剛上了什麼啊？」福星好奇地詢問。雖然每次理昂給他的答案他總是聽不懂，可他卻仍然樂在其中。

「黑格爾。十九世紀德國唯心主義哲學家。」理昂停頓了一下，以細微到難以察覺的驕傲，繼續開口，「也是斯圖嘉人。我和莉雅曾拜訪過他的故居，收藏了他的手稿。」

「是喔。」福星發出羨慕的讚嘆。即便他壓根不認識黑格爾，但一想到能擁有歷史偉人的真跡，感覺就很酷。「他說過什麼名言嗎？」

理昂思索片刻，「歷史給我們的教訓是，人們從來都不知道汲取歷史的教訓。」

「好深奧……」就像他，每年的中秋節烤肉他總是會拉肚子，但每年中秋節他還是堅持要在陽臺烤肉，大概就是這個道理吧。

授課的遊隼妖奧爾特步入教室，室內的談話聲驟止。

「但我更喜歡另一句。」理昂壓低了聲音，「只有在以某種有價值的東西作目的的時，生命才有價值。」

福星本想和理昂分享自己的想法，但教授已開始朗聲解說課程。

以有價值的東西作為目的……什麼算是有價值的東西？每個人對價值的定義不同，這方認為有價值的事物，說不定反而是那方的惡耗。

例如，特殊生命體追求的自由和榮譽，還有淨世法庭所追求的公理。

不管如何，他不知道自己要追逐的是什麼，他懷疑自己是否有存在的價值。

福星忍不住皺眉。總覺得最近身邊每件事都可以和白三角扯上關聯，每件事都讓他聯想到自己茫然未知的未來，讓他很煩。

神好像在和他作對，無時無刻不讓他想起討厭的事。

奧爾特說話就像槍一樣，乾淨俐落中肯，大約三十分鐘內便將理論部分的精要解說完畢。接著，堅信實作勝於理論的他，率領學生，前往位於地下室的練習場。

學員們一一站在練習臺前，小心審慎地照著方才所學填裝子彈，開始射擊。

望著前方的人形標靶，理昂照著剛學的內容，填裝子彈，擺好架式，扣下扳機，射擊。

槍聲響起，雖然子彈打中了標靶，但都不是擊在要害上。上頭的電子計分板顯示了個不高不低的普通分數。滿分四百，拿了一百八十七。還有很大的進步空間。

輕嘆了聲，繼續填裝子彈，繼續練習。

理昂偏好的是冷兵器，擅長近身攻擊，但是在實戰場合，懂越多技能，越能使敵人致命，也越能自保。

讚嘆的低語聲從不遠處的練習臺前響起。理昂回頭，正好和放下槍的以薩四目相對。望向上方的計分板，三百五十六，幾乎是他得分的兩倍。

「打得不錯。」理昂不吝給予讚賞。「擅長使槍的闇血族並不多。」

「小時候常到林子裡打獵，稍微練過。」以薩回以謙退的笑容。「使用刀劍才是真格的英雄。」

「能在戰場存活的才是真正的英雄。」

不可思議的驚呼聲再度響起。兩人同時回頭，只見福星面前的計分板上，顯示著三百八十九的驚人高分。

「福星！你好厲害！真是深藏不露！」珠月崇拜地看著福星。「太帥了！等一下一定要教我！」

看著珠月期待而興奮的目光，福星由衷慶幸布拉德沒修這堂課，要不然那傢伙說不定會假裝失手，然後朝他身上射幾顆子彈。

「你去哪裡練就這般身手的?!」小花既不可置信又好奇。

在眾人讚嘆的目光環視下，福星一臉十足的酷勁。

「士林夜市。人稱滿靶小王子的就是我。」福星故作輕鬆地勾嘴一笑，「我曾經在一個晚上將整攤的公仔及玩偶搜括回家。」那晚，攤位老闆帶著恨意的血淚，在寒風中久久無法言語。

「真了不起喔。」

福星揚了揚眉，接著裝模作樣地將槍移到嘴前，本想學電影主角帥氣地吹一下槍口，但卻因拿得太近燙到嘴唇，趕緊伸舌舔嘴，原本營造出的帥氣形象頓時散滅。

理昂和以薩同時勾起微笑，只是前者的笑容並不是那麼明顯。

眾人的興趣沒維持多久，就紛紛回到自己的練習區。短暫的騷動立即平息，福星也跟著繼續練習。

槍聲隨著扣下的扳機響起，正中人形的頭顱。雖然方才受人簇擁，心中被得意與喜悅填滿，但沒多久，他的內心彷彿和他作對一般，冷不防地潑了他一桶冰水。

射擊得再準又如何？要是在實戰場合，他有膽子對敵人開槍嗎？他有勇氣承擔奪取他人性命的罪惡感嗎？

他想起小花在新生訓練時說的話。越來越多人開始增進戰鬥力，彷彿真的在為即將爆發的戰爭做準備。

他們在瞄準時，把標靶幻想成什麼呢？白三角嗎？還是，所有的人類？

他會選這堂課，純粹是因為理昂、以薩、小花、珠月，還有不少同班同學都有選修的緣故。看到這麼多人，心中突然有種厭惡感。

煩死了！福星用力地抓了抓頭髮。

為什麼要搞到這麼麻煩啊！他管那麼多幹什麼?!況且，他憑什麼？

他只是個肉腳，微不足道的小角色。若是在棋盤上，他連個卒子都不是，只能算是棋格上一截縱橫交錯的黑線，處在戰場中，卻對整個棋局沒有任何影響。

在遠距離兵器第二節課下課前十分鐘，以薩主動和奧爾特表明必須早退。似乎是早就知道會議內容一般，奧爾特爽快地答應。

福星和以薩臨走前，奧爾特靠著牆柱，朝他們揮手道別，「保重吧。」

這讓福星有種不好的預感。

到達主堡上層的主會議室時，正好是十一點。推開門，聽堂中央排列成ㄇ字形的長會議桌後坐滿了人。除了寶瓶座正式成員之外，還有資深的教職員們，像是寒川和歌羅德，寒川已恢復以往威嚴肅穆帶一點機車的中年男子外貌。座席裡，有不少福星未曾見過、但明顯是重要權貴的長者。許久不見的希蘭也在席中。

坐在最裡側中央的是桑珌校長，與桑珌並列於前席的是個擁有金色長髮、藍綠色眼眸的男子，外貌看起來大約是人類的二十多歲，感覺就像學園裡新生代的教職員。但男子臉上掛著傲視世間萬物的輕蔑笑容，一手撐著頭，盯著入口，以寶石般的瞳眸注視著每一個進入的人。

那雙眼睛讓福星感到很不安。

所有人坐定之後，負責司儀的派利斯朗聲開始主持會議。

「諸位的到來是夏洛姆的榮幸。雖然讓諸位聚集的原因是大家都不樂見的事，可會選擇此地召開會議，顯然夏洛姆已得到各位的認同——」

「認同的只有夏洛姆蘊藏的戰鬥力，至於那套遠大的和平共生理論……」金髮男子輕笑一聲，「只是個理想。」所謂理想，就是現實中無法實踐的幻夢。

派利斯皺起眉，不悅之色展露，「或許吧，藍思里大人。但或許並非每個人都這樣想。大部分的人還是渴望和平的——」

「噢，和平。」藍思里笑著，彷彿聽見什麼可笑的幼稚話語，「弱者自我滿足的盾牌。英勇死於聖戰的令尊，一定非常贊同你的論點。」

「你——」藍思里的無禮激起了派利斯的怒火，他的耳、眼以及手指因憤怒而微微變形，異化出原本的樣貌。

「派利斯教授，謝謝您的開場。」桑珌輕聲道，「進入正題吧。」接著起身，掌控會議進行。

坐在一旁的寶瓶座成員們都暗自鬆了口氣，他們從沒見過師長們如此直截的衝突。

福星靜靜地盯著藍思里。藍思里長得很帥，但是個性感覺很糟，那金絲一般的長髮、雪白的容顏以及澄澈的眼眸，讓他聯想到翡翠。

不只翡翠，藍思里和在座的希蘭也有幾分相似。

應該也是風精靈吧……福星暗暗揣測藍思里的族類。

同樣是風精靈，怎麼差這麼多。翡翠和希蘭雖然個性南轅北轍，但是相處之後，可以感覺到他們在本質上都一樣，有著正向的善意。而藍思里不管言語和態度，都散發出一股暴君的氣息。

「各位聚集的原因，無非是因為與淨世法庭之間的衝突越演越烈。眼前的情勢是過去三百年來最為緊張的，特殊生命體界的傷亡人數增加速度更是前所未聞。」桑珌停頓了一秒，「會導致這樣的慘況，是因為死靈的數量空前暴增。原本屬於一級綠色警戒的東亞、南非以及紐澳等地，都升為四級高度戒備的橙色。」

坐在藍思里右側的黑髮男子舉起手，「我手下的探子說，白三角已經籌備了一支死靈軍隊，目前分散在世界各支部。若是他們集中起來……」

此言一出，立即造成在座者人心惶惶。

「如果傳言屬實，將對特殊生命體造成足以滅絕的危機。」桑珌蹙眉。「不管傳言是否為真，死靈的存在確實是我們的一大威脅。警備部英勇的殉職者有九成是死於死靈的咒毒。」

「所以呢？」藍思里打了個呵欠，「我們聚集在這裡，就只是聽你宣告死期和死法？桑珌，這就是你的和平？為了避免戰爭，所以靜靜地等死？」

「桑珌大人只是轉述現況，讓大家了解將面對的危機，還有團結的重要。」臉臭到不行的寒川忍不住開口，「倒是身為上級風精靈，同時也是五大家族之一的藍思里大人有何高見？」

福星在心底暗暗為寒川叫好。

像是早就預料到這個問題一般，藍思里慵懶一笑，「白三角最致命的武器就是死靈，如果我們能鎮伏住死靈，等於是鎮伏白三角。」

「我相信這簡單的理論所有的人都理解。」寒川冷哼，「不知是否有具體對策？」

「有。」藍思里坐直身子，故意賣關子地啜了口面前的大吉嶺紅茶，然後才優雅地開口，「鎮魂鐘。」

場內一時陷入沉默。

鎮魂鐘是什麼？福星一頭霧水。但看在座的「大人」們一臉便祕相，想必是非常威、非常危險的東西。

「能夠驅散毀滅所有滯留於現世的靈體，終極的降魔法器。」藍思里繼續說著，「只要找到它，死靈根本不足為懼。」

「但那東西不是早就失蹤很久了？」與會的另一名長者困惑。

「我懷疑它是否真正存在過。」寒川繼續冷笑。

「繼續賣弄你的無知吧。」藍思里不屑地瞥了寒川一眼，「鎮魂鐘的相關記載很少，但仍然有。它出現的時間大約在十七世紀宗教戰爭時期，並不是太久遠的東西。和傳說中的太古神器相比，這東西的存在更加可靠。」

「如果製作者去世，他的兒孫應該還在吧。到安息者之丘的聖殿應該可以查到族譜世系。」另一名老者開口。

安息者之丘是特殊生命體界的墓園。大多數特殊生命體死後的屍首會火化，也有部分屍首會自動化成灰與光。但所有的死者都會在安息者之丘有個石碑，方形的柱狀石碑，刻著死者的生卒年、族裔以及功績。

「找不到的。」沉默的桑珌忽地開口，「那是人類的產物。」

藍思里皺眉，彷彿不願承認這無法接受的真相。「那只是傳聞。未必是人類。」

藍思里瞧不起所有人類，但如今卻得靠人類製造的東西來拯救自己，這對他而言，或許就像是在向敵人示弱一般難堪吧。

「既然沒人知道鎮魂鐘的下落，那它再強大有屁用！」寒川忍不住暴吼，「你提出了個解決方法，卻又無法實踐，這有什麼意義?!」

「我沒和你一樣蠢。從你嘴裡吐出最有智慧的東西是晚餐的豬腦。」藍思里不耐煩地哼了聲，「當然有辦法知道，只是，有點複雜。」

「什麼？」

「逆時之術。回到過去找尋鎮魂鐘的最終下落。」早就預料到會造成騷動，藍思里身子微微向後退，躲開下一秒爆發的噪音。

「那是禁忌的咒術！」

「太危險了！」

反對的聲浪譁然而起。

「但是，如果只是時空觀源的話……或許危險性沒那麼高……」坐在角落，瘦小枯槁的男子低語，「總比坐以待斃來得強。」

逆時之術分為兩種，一種是觀源，另一種是溯流。前者是以旁觀者的角度，站在時空之流外側，觀看著已逝去的既定歷史；至於時空溯流，則是禁忌中的禁忌，整個人投入時空之流當中，溯返時空，回到過往，直接參與歷史。一有不慎將會影響未來，再加上成功率極低，因此一直是禁忌之術，沒有幾個人敢嘗試。

「這麼高段的咒術，要施行也不是那麼容易的事——」

「隱居的火妖老太婆有辦法，那個鑽研於融合鍊金、機工與巫咒的瘋狂女工匠。」藍思里勾起殘酷的微笑，「我相信在這危急存亡之秋，弗蘭姆很樂意出來幫忙，共體時艱。」

「如果她不願意呢？」

「她會願意的。」藍思里胸有成竹，讓人感到不寒而慄。

一時間，原本陰霾的氣氛有撥雲見日的跡象，但立即被寒川潑冷水，「那派誰去？」

「當然是英勇、果敢而又實力堅強的戰士。」

坐在藍思里旁邊的中年男子瞬間瞪大了眼，「那不就是您嗎？藍思里大人，您該不會想自己出馬吧？」

寒川和歌羅德，還有不少夏洛姆的教職員，在瞬間都露出了作嘔的神色。

藍思里輕笑了一陣，「法倫，我就愛你這點，拍馬屁拍到馬屁眼裡。」

福星偷偷看向坐在旁邊的小花和以薩，三人心照不宣地勾起嘴角。

笑了一陣，藍思里以愛莫能助的惋惜表情開口，「身為精靈上族的風精靈初始貴族之一，同時也是眾精靈領導者，我必須鎮守在沛路爾家。」

「風精靈初始貴族可不只沛路爾家。」歌羅德插嘴嘲諷，「我們班有個貪錢拜金的小子，也是初始貴族的後裔。」他刻意停頓了一秒，「嚴格來說，雅斯拉一族的血統更加純正，更接近於初祖。」

藍思里的臉色驟變，那是被踩中要害的表情，但隨即回復以往的輕慢。

「總之，我不適合出任這個任務。」藍思里聳肩，「亂世出豪傑，英雄的勇武只有在戰場上得以展現。現在是讓夏洛姆的精英們報效族人、嶄露頭角的最佳時刻。」

藍思里彈指，似乎突然想到，「說到這，我聽說寶瓶座的新任幹部裡，有一個是奪得金釦的勇者，不知是哪位？」

眾人的目光向福星集中。

福星尷尬而遲疑地起身。「……是我。」

藍思里及他身側的一票老者，全都露出狐疑的神色。

「真是人不可貌相。」藍思里輕笑著走向福星，「你願意接下這危險的任務，為家人、族人，甚至整個特殊生命體界奉獻心力嗎？」

「藍思里，他只是個孩子，還不足以上戰場。」桑珌出聲制止。「他是夏洛姆的學員，而非你的手下……」

「實力與年齡無關。」藍思里瞥了桑珌一眼，「以五大家族歷年來對夏洛姆的貢獻，應該足以讓我擁有調度幾個學生這點小小的權力。」

桑珌不語。

「來，告訴我你的選擇吧。你是否願意為家人、族人奉獻一己之力？」

福星愣愣。

看著情勢，再傻的人都知道，這個問題只能有一個答案。

讓他遲疑的是，他可以自己做決定嗎？以前學校辦活動，不管是校外教學還是課後輔導，都會發張通知單，拿回家取得家長同意後簽名蓋章。

這次的事件，遠比郊遊和輔導課嚴重多了。

可以讓我打電話問我媽一下嗎？他很想這麼問。

但反過來想，他都已經二十歲了，就算是人類，也已成年。自立點吧福星，你都有辦法從白三角手中死裡逃生，還自己搭飛機越過十幾個國家折返了呢。

「我願意。」福星開口，感覺自己好像結婚典禮上的新娘。

藍思里一方的人馬，全都露出滿意而鬆了口氣的神色。夏洛姆一方的人，則以冷厲厭惡的眼光瞪視著藍思里。

「請問，我必須一個人去嗎？」福星十分不安。

「噢，當然不是。」藍思里朗笑，「夏洛姆的戰士，你可以自己找同行者，選擇你認為最英勇的伙伴。我賦予你徵調同行者的權力。等會兒法倫會將印有眾族共和章的詔令交給你。」

「太感謝您了。」

「我相信你能選出優秀驍勇的伙伴，為特殊生命體奉獻一份心力。」

歌羅德和寒川等同事互看一眼。

眾族共和章？詔令？藍思里這傢伙儼然把自己當成國王。

乍看之下，藍思里讓福星自己選擇伙伴似乎是多大的恩典，但一旁的寒川卻不這麼想。福星能找的伙伴，必定會是夏洛姆的學員，藍思里這樣的提議，只是不想浪費自己手下的一兵一卒。這狡猾傢伙是當奸臣的料，而非國君。

「讓我們為這少年勇者獻上掌聲！」藍思里裝模作樣地拉起福星的手高舉。

稀落的掌聲響起，夏洛姆的職員們沒一個人拍手。

福星覺得非常不好意思，感覺自己好像世界職業摔角大賽裡獲勝的選手，但是他根本還沒參戰，似乎不該擁有這樣的殊榮。

福星的目光掃向寶瓶座的成員們，大多數學員都露出崇拜而欽羨的神色，小花和以薩則似乎不知該喜該憂，有種狀況外的呆滯感。

久違的希蘭，那張散發著溫柔光芒的俊顏苦笑著。

他所認識的師長們，寒川、歌羅德這兩個平常誓不兩立的死對頭，臉上出現同樣的表情：憤怒、無奈而又惋惜。

福星輕嘆了聲，他已經習慣這些突發的意外狀況了。既來之，則安之，反正總是要有人做這件事，對於自己能派得上用場，他的心底有一絲絲的喜悅。

會議結束後，福星立即發送訊息告知伙伴這件事。原本是打算隔天再慢慢討論的，但大家比福星還急，一群人主動聚集到福星的寢室。

「所以說，你的任務就是負責找到弗蘭姆，然後請她施展逆時之術，讓你看見鎮魂鐘的下落？」翡翠歸納福星所說的話。

「還有使用方法。如果可以的話，最好是能找到，然後帶回學園。」

「要我們浪費上課時間，犧牲下課時間去做這些事，有津貼嗎？」

「藍思里說，會全數支付任務進行時的費用，」福星打開包包，抽出一張運通卡，「裡頭的錢可以自由運用。如果順利完成任務，五大家族會授予至高的賞賜。」

「噢！」翡翠從福星手中取下運通卡，眼底閃著光彩，「我發現我有點喜歡這傢伙。」

看著翡翠一臉貪婪地盯著運通卡，福星忽然想起歌羅德在會議時說的話。更接近初祖的雅斯拉家族，應該是指翡翠吧。

這麼說來，翡翠也算是貴族囉？那為什麼處境會和藍思里差這麼多……

「火妖弗蘭姆，機械與咒術的魔女，聽說她把鍊金、機工、化學等知識結合在一起，創造出許多前所未聞的巫具和咒術。」丹絹搜索著腦中的資訊，「有關她的傳聞很多，但大多不可靠，只知道是個性格古怪又難搞的傢伙。」

布拉德挑眉，「那不就和你一樣。」

「其實我和理昂已經見過弗蘭姆了。」福星簡單地概述了當時的狀況。

學園祭夏洛姆之星遺失時，寒川曾派他和理昂暗地拜訪弗蘭姆，取回頂替的贗品。這事學園裡沒有其他人知道，畢竟不是什麼可以到處說嘴的事。

「是喔，那她是個怎樣的人？」

「呃……」福星思考了片刻，「看起來很可愛……吧。」畢竟只互動了不到一小時，很難評論。

「既然已經打過照面，要說服她應該不會太麻煩。」小花百般無聊地坐在一旁，拿著餅乾和洛柯羅玩我丟你吞的遊戲，感覺像是在與忠犬玩耍的飼主。

「反正有藍思里的運通卡，到時候弗蘭姆不願意的話，就刷卡刷到她滿意為止。送的禮物她不喜歡的話，我們只好接收。畢竟這都是為了完成任務所採取的手段。」小花漾著笑容獻計。

「所言甚是！」翡翠由衷讚許。

「那麼，」小花的話語讓紅葉靈光一閃，「謁見弗蘭姆大人這麼重大的事，必須盛裝出席，不可馬虎。因此，購買能配得上如此重要場合的服飾，也是相當合理的開銷，是吧？」

小花認真點頭，「當然！」

紅葉樂不可支，開心地盤算著要搜括哪些新一季的名牌服飾。

洛柯羅聞言，跟著靈光一閃，「那，為了有充足的體力進行這項任務，購買大量零食和甜點也是必要的，對吧！」

眾人詫異地看著洛柯羅，「洛柯羅你變聰明了呢！」

珠月不確定地跟著開口，「那，購買能清晰記錄過程的鏡頭和攝影機，以及記憶卡，也是合理的嗎？」

「非常合理！」

聽眾人你一言我一語，福星躍躍欲試，「那，為了放鬆緊繃的心情，在任務進行中維持愉悅的狀態，購買遊戲卡帶也是必要的，對吧！」

然而這項提議並未得到共鳴。

翡翠皺眉吐槽，「你在胡說什麼啊。」

小花冷哼，「什麼叫愉悅的狀態，你當是去進行什麼猥褻的交易嗎？」

「這樣不行喔，福星。」

「可惡！聯合起來整我是吧！」福星惱怒地拍桌。

眾人笑鬧成一團時，理昂冷靜地開口，將話題拉回主題，「什麼時候動身？」

福星偏頭一想，「星期日晚上吧。花兩天準備應該夠。」

「弗蘭姆的城堡位在馬賽港附近，交通上還算方便。如果使用空間傳送室的話，只需要極短的時間。」理昂不帶感情地分析，「以現下的情況，我認為低調行事為上策。」他停頓了一秒，沉聲低吟，「諸位應該不想再犯同樣的錯誤……」

福星聽不懂理昂說的話，以為理昂是在提醒大家小心謹慎，沒去多想。其他人則互看一眼，明白理昂指的是修學旅行時，福星失蹤被擄的事。

修學旅行之後，白三角的數量和武力暴增，歐陸地區全境陷入紅色警戒，若是走一般的交通路線，必定會提升風險。

「那麼就明天傍晚前動身好了。」布拉德打了個呵欠，「早去早回。我不想花太多時間在這些鳥事上。」

「說的也是。」

「那就這樣，明天下午在活動中心的交誼廳見。」

目送伙伴離開後，福星突然想起他還沒和家人提起這件事。已經成年了，每件事都和家長講，感覺有點遜，不過還是和老姐報備一聲比較好，順便和她要些醫療用品，以備不時之需。

「藍思里那個狗雜碎派你去做時空觀源？」

聽完福星的報告，坐在辦公桌前謄抄藥物實驗結果的芙清，冷聲回應。手中握著的萬寶龍鋼筆應聲折斷，墨水在紙頁上留下一灘汙漬，宛如黑色的血。

原本在桌上協助翻頁和傳遞紙本的小柿，嚇得跌落桌下。

「呃……不是只有我啦，還有其他伙伴陪我，而且施咒的是傳說中的火妖弗蘭姆喔！聽說她很厲害……」

「你對逆時之術懂多少？從古到今都被列為禁忌之術的咒語，弗蘭姆懂得再多，也無法保證施咒絕對成功。藍思里那狗屁爛貨是送你們去當砲灰，而弗蘭姆那個自私鬼，遇到危機只會求自保，誰管你們死活？」芙清揚聲，吐出一連串的斥責。

拿著紙巾要來擦拭桌面的小柿，畏懼地躲在筆筒後方，戰戰兢兢看著芙清。

福星第一次看見老姐激動得髒話連出。

逆時之術，真的是這麼危險的咒術嗎？那為什麼他的伙伴們看起來這麼輕鬆悠閒，弄得好像要去遠足一樣？

一瞬間，他自己想出了答案。

難道是為了讓他放心，所以故意裝出輕鬆的樣子……

「我已經成年了。」福星不服氣地嘀咕。「這是我的選擇，我想為夏洛姆──不，我想對特殊生命體界有所貢獻。」

「所以呢？已經成年，已經活夠本了？」芙清不以為然，「已經成年，就放任你自尋死路？在有貢獻之前，或許你先死無全屍，留下來的只是個茶餘飯後的笑柄。」

福星皺眉，臉色一沉，「我來這裡只是告知妳一聲我的決定，並沒有想要得到妳的認同或許可。」他轉身，悶悶不樂地走向大門。

為什麼不能給他一點支持和鼓勵呢？臭老姐每次講話都這麼毒，討厭死了！

芙清不語，盯著福星，似乎對福星的話語感到訝異。

既訝異，又受傷。

「敢開口忤逆你老姐，看來你真的是長大了。」芙清輕笑，彷彿回復平時的冷靜，「但你永遠是我弟弟。」值得她關心照顧，值得她心甘情願奉獻保護的手足。

關上門的前一刻，福星心軟地喏喏開口，「不用太擔心……我會平安回來的……」說完，趕緊關上門，迅速離去。

福星離開後，芙清望著門板，喃喃低語，「該擔心的是藍思里。」

若是福星沒有平安歸來，她會讓整個沛路爾家付出代價。

Chapter03

說要實地考查出公差，
但根本是在玩

當天夜裡，眾人便開始打包行李。大家對時空觀源的相關細節一無所知，不知道施行的地點是否有所限制，也不知道施咒的環境是否遠離人煙，所以準備了許多東西，以備不時之需。

白天時，福星和以薩向學校申請了空間移動，校方立即批准。福星本想找子夜同行，因為子夜擁有強大的異能力，感覺會很有幫助。但出乎意料的，子夜竟然婉拒。

「逆時之術，是非常敏感精密的咒術，一點點偏差都會導致劇烈的變動。」子夜悠悠解釋，「具有混沌之力的變異之子在場的話，會對咒力造成影響。」

「這樣啊……」

「我個人覺得，妙春不參與的話，會對整個咒術進行更有保障。」其實，最保險的做法，是任何一個變異之子都不該參與。

「妙春還小，或許沒那麼嚴重吧？」

子夜不置可否地聳了聳肩。

傍晚時分，當眾人背著大包小包的行李在交誼廳整裝待發時，寒川帶來了令人意外的消息。

「不用出發了。」看著眾人堆在地上的行頭，寒川有點不好意思地宣布。

「為什麼？」

「任務取消了嗎？」福星不解。他的心裡既覺得鬆了一口氣，又有點失望。

是不是覺得他無法勝任呢？

「我也希望是。」寒川沒好氣地哼了聲，繼續解釋，「我派出的式神剛和弗蘭姆聯絡上，她說她會親自來學園一趟。大約晚餐後會到達。」

大約七點左右，弗蘭姆由馬賽的空間轉移據點，來到了夏洛姆內的空間傳送室。

福星一行人與寶瓶座成員，畢恭畢敬地站在傳送室外頭，恭迎弗蘭姆的到來。

門扉推開，裡頭走出的是綁著金色雙馬尾、外表看起來十來歲的小女孩。除了福星和理昂，所有人都露出詫異的神色。

「還沒死人，送葬的隊伍倒已經排好了？」弗蘭姆不客氣地冷諷，目光掃視了一臉困窘的寶瓶座成員一圈，最後定睛在福星身上。

福星略微僵硬地舉起手，朝她揮了揮，傻笑著嗨了聲。

弗蘭姆發出一記嗤笑，接著將目光移向理昂，「唷，這不是血蛭男孩嗎。」

理昂冷冷撇開頭，置若罔聞。

「你們見過面？」歌羅德挑眉，有些訝異。

「那麼，感謝弗蘭姆大人遠道而來，」寒川趕緊插入對話，轉移話題，「不知您是否用過餐了？我立即派人送上晚膳。現在先請您移駕到主會議廳，那兒比較舒適。」

弗蘭姆盯著寒川，不發一語。

「怎麼了？」

「沒，只是很訝異你已經進化到懂得禮貌和教養。」

寒川勉強壓下怒火，咬牙回應，「人總是得有所長進的。」當下有求於人，加上弗蘭姆有他的把柄，實在不能得罪。

「是嗎？」弗蘭姆不以為然，旋身啟步，「我以為你不久前才剛學會兩腳直立和以火熟食呢。」

寶瓶座現任會長，三E的雪狐妖霏天趕緊躍步向前，恭敬開口，「您要去主會議廳的話，請由我為您帶路。」

「免了。」弗蘭姆逕自前行，「這學園是我設計的，路我比你熟。」

一行人只好跟在弗蘭姆後方，亦步亦趨地前進。

「這傢伙和寒川有得比……」布拉德小聲嘀咕。

「是啊，但顯然更勝寒川一籌。」翡翠賊笑著附和。「感覺她會是個不錯的嚮導。」

「恕難苟同。」被稱作「血蛭男孩」的理昂臭著臉反駁。

到達主會議廳，弗蘭姆斥退了所謂的「閒雜人等」，只留下參與任務的相關人士。

「我剛說了，無關緊要的人全部出去。」

「我們都是這項任務的同行者。」福星趕緊說明。

「你呢？」弗蘭姆望向寒川，「這可不是去迪士尼樂園的旅行團喔，小寒川。」

「我知道！」寒川冷哼，「再怎麼說都是夏洛姆主導的任務，有夏洛姆的上級職員督導全程也是應該的。」

「被派來負責這種吃力不討好的任務，看來你的人緣很差。」弗蘭姆掃視了場中所有人一圈，「十三人。不怎麼吉祥的數字，但至少是奇數。最佳的人數是七人，不過既然都來了，那就算了。」人多好辦事。

「好吧，現在誰來和我解釋整個狀況？藍思里那囂張跋扈的死小鬼『拜託』我施行逆時之術，找出鎮魂鐘的下落和使用方法。其餘的我一無所知。」乾脆直接一點，要她拯救世界算了！

「根據世界各地的警備隊回報，白三角的人數劇增，而且咒靈的數量也以等比級數增長，平均每區都有五隻以上的咒靈存在。因此——」

「因此想找出鎮魂鐘，可以直接毀滅白三角的終極武器，是吧？」弗蘭姆沒好氣地嗤聲，「話說回來，白三角會有這樣的反彈，還不是你們搞那什麼莫名其妙的修學旅行。我聽說今年還擴大規模？自己要去捅蜂窩就要有被螫的心理準備！」

寒川蹙眉，無可奈何地低語，「這也是藍思里的建議……」

夏洛姆的運作，有一半是靠寶瓶座在支撐，藍思里的發言具有絕對的影響力。

弗蘭姆搖了搖頭，直接切入正題。「這裡有人知道鎮魂鐘的作用和來歷嗎？」

丹絹舉手，自信地開口，「根據咒術大全記載，鎮魂鐘是傳說中的法器，具有滅殺惡靈的功用。」

「很好！說了和沒說一樣，你只是照著字面上的意義複述一次罷了。」弗蘭姆嘆了口氣，「有關鎮魂鐘的最後紀錄是在十七世紀末，但是以我手邊擁有的《古咒具法器圖譜》

手抄本上的記載，在更早之前，大約十四世紀黑死病盛行的時代，就已經有與鎮魂鐘相同概念的咒具出現。或許那個時候還是草創的研究階段，可能尚未完成。」

弗蘭姆接著問道：「下一個問題，有誰了解逆時之術？」

眾人不語。

弗蘭姆直接點名，「蝙蝠精，你對逆時之術了解多少。」

福星愣了愣，偏頭想了一下，「嗯……可以穿越時空，看到過去發生的事。」

弗蘭姆翻了翻白眼，接著將矛頭指向洛柯羅，「那個從剛剛就一直在偷吃東西的傻哥，不要以為我沒看到。說說你對逆時之術的認知吧。」

洛柯羅以手背抹去嘴角邊的碎屑，「逆時之術……」他盯著空中，思緒彷彿飄至遙遠的彼方，「如果可以的話，我想回到三一冰淇淋開店時的那一天。」他停了一秒，「還有賀喜巧克力工廠聖誕特賣日。」

弗蘭姆挑眉，轉向寒川，「這傢伙是認真的？」

寒川無力承認，「是……」

「我以為夏洛姆沒有設特教班。」她長嘆了一聲，「帶一票傻子和門外漢進行時空觀源，藍思里的惡趣味越來越糟糕了。」

「請問，施咒的地點有限制嗎？」珠月好奇開口，「我們已經準備好行李，如果要啟程的話隨時可以動身。」既然是門外漢，就有不恥下問的權利。

「根本不用行李。觀源的話只是旁觀，嚴格說來在任何地方都可以施行，但是效果有限。如果要看得清楚，最好是直接到事件相關的遺址。」

「那，鎮魂鐘最終出現的地點是？」

「匈牙利。」弗蘭姆望向以薩，「和你祖母有些關聯。」

以薩面無表情，「是嗎。」

「現在必須前往麗．克斯特夫人的古堡，當然不是指目前位在布達佩斯的那間。而是最原始、最完整，保存了所有靈魂、意念的舊址。」弗蘭姆停頓了一秒，「那棟舊址位在——」

丹絹插話，吐出答案，「日落森林。」

理昂接著好整以暇地開口，「主道暝光之路西南側大約四十里的岔路上。」

弗蘭姆挑眉，「不錯，似乎沒預想中的蠢。你們在事前做了調查？我很好奇這消息是從哪裡取得的。」

「呃，並不是因為這次任務的關係。」福星不好意思地解釋，「其實一年多前，我們曾經去過那裡。」

「為什麼？」

布拉德輕笑，「吃完火鍋後的飯後休閒。」沒想到，一年級一時興起的活動，竟然在兩年後派上用場。

「夠蠢，但也夠猛。」

「所以說，搞了半天，我們連學園都不用踏出一步，只要到日落森林的古堡裡就可以了?!」翡翠揚聲質問，看來他對無法到外頭巧立名目亂刷卡感到非常震怒。「那藍思里給的運通卡根本派不上用場。」裝什麼闊！

這也顯示出藍思里對逆時之術一無所知。明明一無所知，卻還派夏洛姆的學生出馬，根本草菅人命。

「為了打包行李，我搞了一整晚。」丹絹惱怒地抱怨，「洗衣籃裡的衣物都還沒洗，我買了新的熨燙機正想試用的說。」

「如果你們教授不派他可笑又賣萌的式神來傳達消息，而是發封email的話，我昨晚就能給出回應。」弗蘭姆雙手環胸，嘲弄地看著寒川，「原始人，還沒學會開機嗎?」

「少囉嗦！」鞍馬山堂堂大天狗寒川羞惱。

弗蘭姆簡單交代了流程，訂下集合時間，接著逕自前往夏洛姆的中央材料保存室與醫療中心藥品室大肆搜括了一番，然後順道前往主堡的校長辦公室和桑珌打了聲招呼。

「你老了。」看見久違的故人，弗蘭姆毫不客氣地下了結論。

弗蘭姆盯著檜木桌後威儀巍峨的桑珌。雖然從特殊生命體的外貌難以看出歲月的痕跡，但眼底閃現的疲憊和滄桑，暗示著心力不敵時光的摧折。

桑珌一臉平靜，淡然開口，「逝者如斯，難敵其勢。」

「所以，放棄當初的理想了?」

被疲倦填滿的雙眼，亮起了堅定果決的光輝，「從未。」

「那怎麼任由藍思里胡搞出這些荒謬的名堂？以前的你，沒那麼容易妥協。」

桑珌苦笑，「因為老了。」力不從心。

「趁你腦子還沒混沌失智之前，有些事情想請教一下。」弗蘭姆閉上眼，聆聽感知著空氣中看不見的波動，「你在我建的屋子裡做了什麼？」

桑珌一臉困惑，「我不懂妳的意思……」

「秩序亂了。」弗蘭姆張開眼，「理則和既定的規律被打亂了。雖然極為隱微。」就像是被撥亂的棋盤，即使再度擺回原位，但仍有所偏差歪斜。

「夏洛姆的各項機能始終維持正常運作，各個結界據點都有專人看守監督。」

「鎮壓的那隻公理之獸，是否還安然待在牠的牢檻之中？」弗蘭姆輕語，彷彿怕吵醒熟睡嬰孩的母親。

「沒有逃走的跡象，偵查系統一切正常運行。」這個回應十分消極，並沒有正面回答弗蘭姆的疑問。

「算了，反正這不干我的事。我來只是為了完成藍思里的任務，讓他少來煩我，其餘的事與我無關。」弗蘭姆轉身，「況且，你應該知道，我向來就不是和你站在同一陣線……」

她從不認為自己和人類是同位階的生物，但她也不和藍思里或闇血族那些極右派的傢伙同掛。

她只走自己的路，在高塔之巔傲視群生。

群體行動，是弱者的專利。

眾人折返寢室，帶上輕便的隨身物品，便在日落森林入口處集合。

可能是因為就在自家校園內活動，加上已有經驗，原本嚴陣以待、嚴肅緊繃的一行人，頓時鬆懈了不少。有的人兩手空空，有的人則是帶了一堆零食，儼然要遠足郊遊一般，比上回的試膽大會更加悠閒自得。

相較之下，背著一大箱咒具的弗蘭姆，看起來十分累贅。

弗蘭姆皺眉，瞪向寒川，「你的學生挺帶種的。」

「謝謝。」

「你以為我是在稱讚你？」弗蘭姆冷哼。

寒川笑了笑，「我是頗以他們為傲的。」

走在被幽黃色的詭異光芒籠罩的陰暗道路上，日落森林終年沉浸在陰沉的暮色之中。一樣的荒屋蔓塚，一樣的危樓廢宮，一樣不明的光影閃動，謎樣的鳴語幽幽。景物依舊，舊地重遊，雖是這般景色，卻有種親切感。

「福星，我想喝麥茶。」洛柯羅邊舔著手指邊開口。

「等等喔。」福星將掛在腰上的茶壺取下，轉下杯蓋，倒了一杯清涼的冷飲。

弗蘭姆眉間的凹陷深到不能再深，「你們這些人……」藍思里到底派了什麼樣的貨色給她?!

「要來點棉花糖嗎?」妙春捧著五彩繽紛的袋子,笑咪咪地遞給眼前這位看起來年齡與自己相似的女孩。

「啊,那個用烤的,味道會更棒!」

「是喔?」洛柯羅詫異,「我沒聽過這種吃法的說!」

「我有帶竹筷和打火機,不然插在筷子上用火燒燒看好了!小花妳要嗎?」福星得意地說著。

「免了。」她等著看好戲就夠。

「聽起來很棒!」洛柯羅興奮地贊同,然後把手中剩下的幾顆起司奶油球遞上,「這個也一起串上去好了!這樣才有奶香!」

「感覺很不錯!」

然後,三人在弗蘭姆的注視下,將一枝竹筷串滿雪白柔軟的棉花糖和起司奶油球,接著點火。

「轟!」一陣轟然聲響起,福星手中握著的糖串頓時變為熊熊火炬。

「媽啦!」福星驚叫,握著燃燒的火把,拿也不是丟也不是。他可不想失手把日落森林給燒了!

翡翠一邊笑,一邊召喚出風壁,在火燄附近形成小型的真空狀態,使火熄滅。

「不要亂玩食物!」布拉德斥喝。

「你在奶油上點火?!你是白痴嗎?!臭死了!快把它丟掉!」丹絹神經質地大呼小叫,

「在你把手用肥皂洗乾淨前不准觸碰我！」

「誰要碰你啊！」

弗蘭姆覺得自己的額角開始隱隱作痛，她懷疑藍思里叫她來的目的不是為了尋找鎮魂鐘，而是想讓這些活寶整死她！

理昂看出弗蘭姆的情緒，冷笑著道，「就這點能耐而已？」

「現在輪到你表演耍低能了嗎？我相信，你一定非常得心應手。」

「哼！」

一路上，以薩一直若有所思，非常沉默。越接近古堡，讓他的心情越是矛盾。既想抗拒這黑暗的家族史，又想一探究竟。自從得知鎮魂鐘和克斯特家有關聯，這個消息讓他的內心一直感到不安。

步行約一個小時左右，麗．克斯特伯爵夫人的古堡出現眼前。豪華精緻的古堡矗立在黯然的光線之中，看起來像蒙了塵的珠寶盒。

以薩原本就慘白的容顏，看起來更加蒼白了幾分。

推開門扉，刺耳的磨擦聲軋然響起，塵封在時空夾縫之中的古堡，雖未染上半絲塵土，未受風化摧朽，但空氣中充斥著衰敗陳腐的氣息。

「要進哪間房？」寒川詢問。

「麗夫人的臥室。」

「噢，老地方。」紅葉媚笑，「福星還在那裡留了些紀念呢。」

福星不好意思地抓了抓頭，嘿嘿一笑。

上了樓，穿過數道迴廊，來到古堡主人隱密而寬敞的房間。

偌大的空間裡，零落地擺放著幾件華麗的巴洛克風格家具。一旁的牆面上，麗．克斯特夫人的巨幅肖像仍懸掛在那兒，始終是美豔而帶點森冷的笑靨。畫像的一角，福星所踹破的黑洞也仍靜默而突兀地存在著。

「遊樂時間結束，該辦正事了。」弗蘭姆將背上的大箱子放到地面，按下了個機關，櫃子自動向兩旁打開，裡面一層一層的分隔與空間逕自向前、向上、向兩旁延展，有如一道道的階梯。

「哇！」福星驚嘆。這太炫了！比他家樓下小學生的莉香娃娃手提度假屋還屌！

「你們，清空場地，我需要七乘七公尺大小的面積。」弗蘭姆一邊吆喝指揮，一邊從櫃中選取、調配必要的材料，「蜘蛛精，把這石頭磨成粉，在地面上畫出基礎防禦結界。」語畢，將一顆閃爍著黑綠金屬光澤的深黑色石頭和藥缽丟給丹絹。

「老屁妖，在結界上製造一個變異不穩定的空間。」

「妳也是老屁妖！」寒川哼了聲，開始低吟咒語，準備割裂重組空間。

「你們，去搬十三張椅子過來。你、你、妳、妳，」弗蘭姆一一指向洛柯羅、翡翠、紅葉，和珠月，「站在四角，製造出燃燒的火、流動的水、吹拂的風。」

接著，她從櫃中拿出一株月桂樹的苗株盆栽，交給洛柯羅，「你拿著這個，增長咒會吧？慢慢施展，讓它漸漸茁壯，代表化育萬物的土。」

「這會結果子嗎？」洛柯羅一臉躍躍欲試，意圖非常明顯。

「會，但要長到結果子的話，就無法捧在手中。」

「噢……」洛柯羅一臉惋惜。

弗蘭姆十指各夾著不同的礦石和結晶，以驚人的速度及技巧，在地面上畫出繁複而繽紛的法陣，不用靠任何工具，不需翻閱書籍，所有淵博的、禁忌的知識，全都存放在腦中。

「有什麼是我幫得上忙的？」福星見每個人都有事做，不甘落於人後，便熱心發問。

「有。」弗蘭姆伸手指了牆角，「乖乖站在那裡不要亂動。」

福星悶悶地走向角落，陰沉地嗑著妙春那包沒吃完的棉花糖。

半個小時後，光滑的乳白色石板地上，浮現巨大的符文法陣。以圓陣為基底，周遭有數種效用不同的幾何法陣，有方有矩，有稜有角，各種形狀的圖騰，嵌鉤在基底圓陣的最外圍，展現出亂中有序的和諧。

「每個人拿張椅子坐下，坐在這個範圍裡。」弗蘭姆用腳尖踩了踩法陣外圍，兩個同心圓中間的地帶。「小心點，不要太用力，別刮壞法陣。」

「擦到了會怎樣？」福星好奇一問。

「可能會讓你局部穿越。」弗蘭姆陰笑，「比方說你的下體進入時空之流，掉落神聖羅馬帝國某個閹臣的碗裡，但你的身體還留在這個時空。」

此話一出，眾人格外小心翼翼，將凳子搬入圓內，小心坐定，不敢妄動。

弗蘭姆將一顆石子放在中央，深褐色的石塊，看起來像是某種碎片。

「這是巴別塔之磚的碎片。」弗蘭姆解釋，「語言在逆時之術裡是個障礙。在座各位可能沒人懂匈牙利語，就算懂，但語言是演進的，六百年前的語言和現今的語言必定有所差異。放了這石頭在法陣中央，等會兒聽見的任何語言都不足以成為障礙。我可不希望到時候，因為語言不通這種蠢問題還得再來一次……」

眾人不語，對弗蘭姆心思的審慎肅然起敬。

弗蘭姆走向法陣外圍，坐在其中一張凳子上，接著，開始以獨特的嗓調，吟誦唄念著聞所未聞的古老咒歌。

法陣中央，直徑約三十公分的中空圓，泛起了細細的乳白光暈，光線像乾冰上的煙一般，一絲一絲向上捲起，向上蔓延，越纏越高，最終形成一道直立於地面的朦朧光柱。

霧狀的光柱逐漸清晰，變得有如水流般光滑，交織著偏黃的乳白以及孔雀石般的藍綠。

眾人屏息，靜靜盯著光柱。連施咒的弗蘭姆本人，也嚴正地凝神注視。

流轉了片刻，光柱上方透出其他色彩，一瞬間，像是突然打開的電視一般，數道約十公分寬的動態影像，彷彿彩帶一般，一條一條、一段一段地向上流逝。

古堡的過去、克斯特家的初祖、從創始到終結，古往今來的影像逆流而上，綻射出的扭曲光彩與聲音，充斥在房間之中。

「注意看，只有一次機會……」弗蘭姆低語，不知是說給自己聽，還是說給旁人聽，「要抓到最關鍵的那條時空之帶……」

用咒語束縛住已逝的時空片段，將之扯出洪流，放大、放慢，一絲不漏地展演在眾人眼前——

福星盯著光柱上的影像，光帶流動的速度並不會很快，但是稍縱即逝。

弗蘭姆的目光集中在一條從地面升起大約六十公分長的光帶，「找到了！」

鎮魂鐘最後出現的時間點，三百七十年前，三十年戰爭時的克斯特堡！

弗蘭姆起身，對準其中一條光帶，投出磁石。

幾乎是同一時間，坐在對面的福星被眼前一條即將流逝的光帶吸引了注意力。

瞬間閃過眼前的畫面揪住了他的心。

黑暗的荒原上屍橫遍野，死亡與黑暗構築的天地。寂寥中有座木製的高聳尖塔，充滿不祥之氣。

高塔尖端站著一個人，擁有著深色的髮與眼，俊逸而冷酷的容顏讓他有種似曾相識的感覺。

他認識這個人。一見到那張容顏，熟悉感油然而生，但是，怎麼樣都回想不起來對方的名字和共同的回憶。

是很久以前的舊友嗎？不，不對，這個人給他的熟悉感，就像理昂和身邊的伙伴一樣，這麼地近——

光帶向上飄揚，眼看末端就要融入黑暗之中。

「等等！」他想看，想看得更清楚些！

福星下意識地起身，伸出手，抓住了那條時光之帶。

「福星！」

「住手！快坐下！」

驚呼聲接連響起，福星察覺到自己脫序的舉動，回神，趕緊收手。

但，為時已晚。

被觸碰的光帶，與弗蘭姆面前的光帶，像有意識一般向外彈旋，捲住了福星的手臂，接著，尾端跳離光柱中流動的軌道，掃向外圈的所有人，將之捲縛。

光帶緊縛、內收，越縮越小，最後，與圈中的人一同消失。

捲入雖已成過往、但仍停駐在時光之道上的時空之中。

同一時間，法國巴黎。

協和廣場中央，矗立著來自已逝的文明古國埃及、雕滿象形文的花崗岩石柱，方尖碑。尖端處，有個人影以違反重力的姿態，高立於上方，傲視眼底下微如螻蟻的世界，逐漸染上黃昏半暗半明的霞光。

異樣的感覺猝然閃過，有如連結在腦中的一條重要神經忽地被切斷。

福星。

他感覺不到賀福星，彷彿對方的存在從這時空當中被抹去。

日蝕之日，他的意識體能夠脫離封印，來到外界，這段時間他在世界各處遊覽，欣賞著這被人類糟蹋蹂躪的世界，構想著他將如何革新這一切陳腐衰敗。

蕭瑟的秋風提醒他，他已離開夏洛姆兩個月。

對他而言，兩個月不過是一眨眼的時間。

他閉上眼，張開全部的感知力，搜查掃描整個世界。一樣，他找不到賀福星。同時他也發現，在瑞士的山頂，夏洛姆所存在的時空裂縫中，有異常的磁力波動。

難道夏洛姆出事了？

他本以為待在學園裡很安全。看來只要有賀福星在，就注定要與和諧安定絕緣。

嘴角微微勾起。回去一趟吧。

睜開眼，身子向後一躺，高速落下，在快接觸到地面時，旋身蹬地，以完美的弧線躍起，宛如離弦之弓，直射目的。

轉瞬間，他已返回夏洛姆，他的牢籠。

跨入學園的瞬間，他立即察覺發生了什麼事。時空逆返所造成的無形迴盪，殘留在空間裡。

該死的！到底出了什麼事?!

悠猊惱怒地在校園裡巡視，企圖找出蛛絲馬跡。但學園裡一片寧靜，似乎沒有任何人發現不久前發生了多麼嚴重的事。

他發現，不只福星，連福星的伙伴們，包括寒川，都不見人影。

到底是怎樣?為什麼福星會和逆時之術扯上關係?難道又是出於好奇?不，不對，逆時之術是極複雜的高階咒術，連施咒的用具都難以取得，一般學生也不可能知道步驟，更不可能有辦法施行。難道是寒川施的咒？以寒川的個性，絕對不會主動去碰禁忌的事物——

腦中毫無頭緒，惱怒焦躁的感覺襲上心頭。

他太大意了。賀福星是他重要的王將，他應該時時關注守護才是……

下意識地，他回到了西側園林深處的老樹下，他和福星見面的老地方。

一個包在牛皮紙中、彷彿未爆彈的物品，放在他常坐的位置上。

那是什麼？悠猊挑眉，拾起包裹。包裹的上方放了個信封，他打開，取出畫著繁花彩繪的薄木卡片。

這是修學旅行的伴手禮！都是我精挑細選的咧！高興嗎？哼哼哼！不用太感謝我。朋友，好久不見，不知道你過得如何？希望你能天天開心。

福星

悠猊愣住了。

他拆開牛皮紙，裡面塞滿了來自世界各地的紀念品，有玻璃杯、玉珮、木雕、神社護身符、鑰匙圈、俄羅斯娃娃……各式各樣，毫無章法，毫無主題。

賀福星解開他的暗示了？他想起他的存在了？

但是，他設下的警戒不可能這麼容易解開。況且如果咒語解開，身為施咒人的他，一定會感覺到——

難道是賀福星自己啟動暗示？

悠猊既驚又喜。能夠逆向啟動他設下的咒令，必須擁有強大的異能力。看來過了二十歲，福星的潛能又向前跨進了一大步。

很好！太好了！賀福星，他至上的終極王將！

在興奮狂喜的同時，一個細小的意念閃過他的腦海，提醒他另一件事。

他設下的指令是，當他想要見賀福星時，便能直接干擾福星的意識，促使福星依著腦中的暗示前來找他。這個咒語是可逆的。

也就是，福星想見他時，腦中的機制也會主動引領他前來此地。

福星想見他？

看著包裹中拉拉雜雜的紀念品，再看向手中的卡片。全然陌生的感覺，襲上悠猊的心，彷彿滴落紙面的墨水，快速被吸入紙面，瞬間渲染開。

眉頭皺起，對這樣的感覺感到詫異。

他不喜歡陌生的自己……

賀福星是重要的棋子，除此之外，什麼都不是。

他將包裹和卡片一同丟向地面，彈指，指尖燃起一道青燄。

正準備將地面上的東西付之一炬時，卡片上那行字再度躍入眼中。

遲疑了。

「嘖！」不耐煩地重嘖了聲，收回火燄，瞪了地上的雜物一眼，轉身離去。

他沒時間浪費在這些垃圾上……

他必須想辦法了解狀況，確保棋子的安危。

Chapter04

夫人的閨房很香

SHALOM ACADEMY

「啊──」

突如其來的光線，讓方才處於暗室中的人一時不習慣，瞇起了眼。

「哪來的光？」

回復視力的小花打量著周圍，「看起來是麗夫人的房間。」但，有些不一樣。擺設的東西明顯更多，器具看起來更加嶄新，重點是──

方才是昏暗的夜，此時窗外卻是刺眼白晝。原本應是挑高的半圓屋頂，破了個巨大的洞，像是破了的蛋殼，任由屋外的光線傾瀉而入。

理昂和以薩的呻吟聲拉住眾人的注意。在光線的照射下，闇血族的肌膚開始發紅發腫，有如被火燒灼。

「理昂！以薩！」

布拉德和翡翠相當有默契，一步跨向臥房中央的大床，將深色的天鵝絨床單掀起，蓋向兩人。

「嗚嘔……」靠在紅葉身旁的妙春，忽地跪下，狂嘔不止，急劇喘氣。

「妙春！」紅葉焦急地蹲在妙春身旁。總是笑看世事、掛著輕浮笑靨的媚顏，被罕見的慌亂與恐懼取代。

妙春急促地換氣，臉色慘白，紅豔的嘴唇轉為深紫。

「妙春！」紅葉緊張地將那瘦小的身子擁在懷裡。

丹絹一個箭步上前，將妙春從紅葉懷中奪出，平放在地，抬起她的脖子。接著他以手掌遮住妙春的眼，數十道細如雨針的蛛絲從手背竄出，扎向妙春的全身上下。

「你做什麼！」紅葉指尖化成銳爪，一把掃向丹絹。

珠月和小花趕緊拉開紅葉，制止她失控的行為。

丹絹咬牙，不動如山，數秒後緩緩起身。紅葉撲向前，跪在妙春身旁。

妙春原本泛黑的小臉已回復，蒼白的肌膚上布滿點點冷汗。

「冷靜點。」丹絹起身，冷冷開口，「她只是過敏。」

「過敏？」

「劇烈的時空轉移所帶來的磁波，會對……『某些人』造成過敏。我在書上看過。」

丹絹淡然地看著一臉戒備的紅葉，「我只會說有意義的資訊，妳別過度緊張。」

「時空轉移？」

「那我們，現在是在……？」眾人的目光集中到弗蘭姆的身上。

第一時間就衝到窗邊的弗蘭姆一語不發，臉色凝重地望著遠方。

「請解釋現在是什麼狀況？」寒川壓著怒氣低吼。「希望這不是我想的那樣……」

「我們現在還在克斯特古堡？」小花詢問。

「是的，但不是日落森林那座。」看著城堡下方的地勢、河川，弗蘭姆冷聲判斷，

「是匈牙利，布達佩斯的古堡。」

「所以，我們跑到外面來了？」福星愣愣。但是，他們進行逆時之術的時間是在傍晚，怎麼一下子突然變為白晝？

「移動的不只空間。」弗蘭姆閉上眼，西風拂面，摻雜著濃厚的死亡與屍臭，以及煙硝與烽火的氣息。「這是三百年前，眾國相殺的宗教戰爭之時。」

「什麼?!」

當眾人還來不及反應、來不及質疑現實之際，另一波騷亂降臨。

穿著輕皮甲、戴著頭盔、全身包覆在深色皮製軍裝下的守衛破門而入，將福星一行人團團圍住，閃著寒光的長劍，令人不敢妄動。

「現在是怎樣？」

「顯然他們把我們當成小偷……」珠月不安地看著來者。

守衛密不透風的裝扮，讓人無法從對方的表情揣測情勢。

「擅闖夫人閨房的內衣賊嗎？」小花冷笑。

「我可不想背上這麼難聽的汙名！」丹絹勃然變色，「如果要被誤認為是小偷，我寧可是在書房被發現，這樣至少別人會知道我是個有知識的雅賊。」

「都什麼時候了，你能不能別再自我感覺良好？」

福星噤口不語。

未知的國度，未知的時空，這一切不真實到彷彿一場夢。他心裡很清楚，這次的局面八成又是自己搞出來的。

他再次把同伴捲入危機之中。

「以薩，叫你奶奶的手下退下。」翡翠靠近站在一旁裹在布裡的以薩，「你可是克斯特家的正統繼承人！嚴格來說，這些傢伙是你的手下吧！」

以薩嘶啞地低語，「抱歉，這個年代我還沒出生……」說出那種話，更會激怒對方吧。

持劍的手堅定地緩緩逼近，一面審視著不速之客，一面判斷其威脅性，必要時，劍鋒將毫不猶豫地劃下，以最俐落的方式鏟除威脅。

「早知道會如此的話……」洛柯羅長嘆了一聲，「我就在路上把最後一包蜂蜜餅乾吃掉了。」

「我討厭被劍指著！」布拉德強化右手，銳爪一劃，將劍鋒打碎。「陷入僵局，就突破重圍吧！人類的士卒，來一千個都不足為懼！」

看見布拉德的獸爪，守衛們譁然。

「是獸族！」

「有獸族闖入！」

敵意瞬間加劇！

「這些人全是闇血族?!」布拉德愣愣。

「不然幹嘛把自己包得像春捲！」寒川惱怒，「你一定要把我們全部搞死才高興嗎？笨狗！」

「這讓我想到莫非定律。」丹絹一臉老謀深算地悠悠開口，「事情總是會往最糟的那一面發展。」

小花翻了翻白眼，「拜託你閉嘴。」

「入侵者，束手就擒。」低沉不帶感情的語調，從為首的守衛口裡吐出。

「噢，我聽得懂他們說的話耶！」雖然時機不對，但福星仍然相當興奮。

這代表他終於進化了嗎?他終於成為道地的精怪了?!

但洛柯羅的發言立即否定了福星的期望，「我也聽得懂耶。」

弗蘭姆輕笑。「看來是巴別塔之磚發揮了效用。」事情似乎還沒糟到最壞的境地。能溝通就有轉圜的機會！「那兩個闇血族，還記得庇護協定的內容?」

「這麼古老的東西，我都忘了……」理昂自嘲地笑了聲，走向前，單膝跪下，深吸了一口氣，低語，「夜之族裔，尋求庇護。」

以薩看了理昂一眼，跟著作出同樣的動作，低語，「以月之名起誓……」

緊繃的敵意瞬間消減大半，高舉的劍，降低了些。

為首的領隊走向前，居高臨下地看著理昂與以薩，「闇血族?」

「是的。」

「來這裡做什麼?」

「避難。求得平安。」

「擅闖城堡只為求得平安?」領隊不以為然，「你的平安為我們帶來災難和損害。」

「這是意外，並非有意為之。」理昂重重咳了兩聲，「抱歉，現在的我，無法做太多說明。」

領隊不發一語，靜靜地審視著理昂和以薩，接著將目光掃向兩人身後的伙伴們。

「這些人是？」

理昂想也不想地回答，「朋友。」

「包括那獸族？」

「他是……」理昂停頓了一下，「寵物。」

布拉德勃然跳腳，「寵你媽的——」來不及發作，就被一旁的伙伴強壓制止。

領隊盯著理昂一行人，許久，似乎終於確認對方沒直接的威脅性，收起劍，但仍未放鬆戒心。

「帶他們去監禁室，派醫生過去。」領隊看向以薩，目光停留稍久。「你的名字？」

「以薩。」

「全名。」

「以薩‧涅瓦。」以薩識相地隱藏中間名，一如之前在夏洛姆時一樣。

領隊繼續盯著以薩，似乎想從中看出什麼端倪和訊息，但片刻之後，決定放棄。「在弄清楚你們的身分來歷之前，你們的身分並非賓客，而是階下囚。」他仰頭望向屋頂的破洞，「或者，敵人。」

理昂等人不語，靜默而順從地任兵卒將他們帶離房間，引領至位在南翼的監禁室。

監禁室是間窄小的房間，四面慘白的牆，裡頭放著簡單的家具，三張床、一套桌椅。屋裡沒有窗戶，只有高聳的牆面上方有個小小的氣窗，窗口被五條鐵條隔擋。

但已經比陰溼髒亂的地牢好多了。

「現在要怎麼辦？」丹絹一進屋就開始嫌東嫌西。他本想坐在椅子上，但椅子發出的嘎吱聲讓他神經緊繃。後來選了張床坐下，又覺得床單摸起來粉粉的，不是很乾淨。最後決定選個角落，靠牆而立。「我還得忍受這骯髒的房間多久？」

「他沒把我們送進地牢已經不錯了。」翡翠懶懶地躺在床上，翹起腳，一派悠閒。

「對待把自己房子弄個洞的傢伙，這些人的態度已經算和善了，」寒川客觀開口，「雖然說是看在理昂他們的面子上。要不是有闇血族同伴，光是帶著獸族擅闖城堡，就足以直接處死我們或施以酷刑。」

「哼！」布拉德重重地哼了聲。看來他對於理昂那句「寵物」心有不滿。「理昂和以薩被隔離了，闇血族只保護闇血族，沒保證我們的安危。」

「理昂和以薩剛才說的是什麼？」福星好奇。方才劍拔弩張的氣氛，在兩人吐出那一串話之後，立即緩和。

「闇血族的老規矩，眾家族共同簽定的條約，只要報出庇佑語，闇血族人就必須收留照顧遇害的族人。」寒川解釋，「十四世紀黑暗時代和魔女獵殺風潮時，有不少闇血族被牽連遇害，這讓向來自我中心的族群開始學會團結。不過這項傳統在二十世紀之後就漸漸失落了。所以嚴格來說，城堡裡的人是看在理昂他們的分上才收容我們。」

「但是，這床單不知道多久沒洗了？有多少塵蟎在上頭？塵蟎是很容易導致呼吸道疾病的！」丹絹繼續發威，「況且，那小小的換氣窗孔根本沒屁用！在密閉空氣不流通的房間裡，細菌最容易孳生。說話和咳嗽時的飛沫毫無阻礙地飛濺，在這一連串的對話中，我們不知道已經噴灑交換了多少對方的體液！」

「丹絹，你冷靜點。」翡翠淡然安撫，「沒那麼嚴重。」

和丹絹同寢兩年，他了解他的室友正在緊張。丹絹只要一緊張不安，龜毛和神經質的等級會切換到MAX的終極狀態。

「啊，我突然了解闇血族的殘忍。」小花冷眼看著雞貓子鬼叫的丹絹，「把我們和他關在同一個房間裡，就是一種酷刑。精神折磨比起肉體凌虐更叫人生不如死。」

「妳說什麼！」

「吵死了！」布拉德、寒川、弗蘭姆異口同聲地大吼。

「先想想接下來要怎麼辦吧。」布拉德雙手環胸，「回到了過去，又身陷窘境。這已經超乎我們常識能應付的了。」

福星低下頭，怯怯地吐出那句不知道說過幾千幾萬次、令他難堪的話語。「真的很抱歉，是我害的……」

弗蘭姆冷眼瞥向福星，「在咒語進行前我已再三提醒，不要輕舉妄動，為什麼不能照做？無能的弱者如果連服從和謙卑都做不到，那麼根本沒有存在的價值！」

「抱歉……」

「說抱歉有用嗎？真的有歉意的話，在搞砸的那一刻你就要立即以死謝罪。噢不，不對，如果每搞砸一件事就以死謝罪的話，你不知道早該投胎轉生幾萬次了！你之所以能苟延殘喘地活著，就是因為你理所當然地仗著別人的善意，躲在他人的庇蔭下，放任自己的軟弱！」弗蘭姆冷冷低語，每字每句都像冰冷的刀，直中要害。

寒川原本也想對福星發飆，但看弗蘭姆如此憤怒、失控，他突然想笑。這場景真令人熟悉。福星對調眾人的靈魂，還有夏洛姆之星失蹤的時候，他好像也這樣失控過。現在看見其他人做出相同的事，突然覺得有點滑稽。

「別那麼刻薄，別忘了他只是個孩子。年齡不到妳十分之一的孩子。」寒川第一次看見弗蘭姆如此氣急敗壞，說實話，頗爽的。

「他的頭還連在他脖子上，內臟沒有爆裂，我已經夠冷靜了。」

「或許也不完全是他的問題。」寒川若有所指地看了弗蘭姆一眼，「時空觀源和時空溯流是不同的施咒體系，觀源失敗並不該是這種狀況。」就好比看電視時，電視機壞掉應該是不能看或是爆炸，而非把人吸入螢幕的電視世界裡。

「你覺得是我的失誤?!」

「只是覺得或許妳該學著檢討一下自己。」寒川悠悠輕語。

福星突然覺得寒川好厲害。或許和外貌有關，披著中年男子外貌的寒川，講起話來似乎更加中肯犀利，更加有條不紊。和寒川混久了，看慣他稚氣的外貌，讓福星差點忘了寒川畢竟也是年過八百的資深大天狗。

弗蘭姆一時語塞，惱怒地皺起眉，悻悻然地低語，「混沌之力干擾的結果，沒人能預料，出現這樣的結果也超出我預料。」

「混沌之力？」

紅葉下意識地偷偷把妙春推到身後，護著她。

「怎麼，你們不知道？」弗蘭姆露出不可置信的表情望向福星，「你沒和大家講？」

眾人的目光集中看向福星。

福星嚥了口口水，覺得自己快要窒息，但仍然撐起招牌的傻笑。「呃，那個，不好意思，其實我是混生種，嘿嘿……」

「少避重就輕了。只是雜種的話沒這麼大能耐，你是變異之子。」弗蘭姆眼角向旁一瞥，射向妙春。「噢，對，那個傢伙也是。所以時空轉移的異動才會對她造成這麼大的影響。」

「妳可以少說兩句嗎！老蘿莉！」紅葉皺眉斥喝。

「帶了兩個變異之子進行逆時之術，根本是自殺的行為。」

「妳既然知道，為什麼不一開始就排除？」

「噢？原來我有拒絕的權利？」弗蘭姆挑眉，「藍思里半夜三更派使者直闖我家，挾著武器『請託』我接下任務。這小子還是他指定的成員之一，我還以為他是知情才刻意安排，看來只是隨便抓一個替死鬼上場！」

像是積壓已久的怨念一鼓作氣爆發，弗蘭姆說完之後，屋內一片寧靜。

「所以，」布拉德上下打量著福星。「原來你是變異之子啊……」

「抱歉……」

「難怪，我就在想為什麼你總是出狀況，這樣就解釋得通了。」翡翠一臉恍然大悟的表情。

「妙春也是喔！」妙春舉手，自己承認。

「所以你和子夜一樣有什麼特殊的超能力嗎？」丹絹瞇起眼盯著福星，「你曾試著用超凡的異能力影響你的學校排名成績嗎？」

福星忍不住失笑出聲，「你覺得呢？比爛的話我一定冠軍。」

「所以說，你的混沌之力是什麼？」紅葉好奇。

子夜是在異界召喚上有高超的天賦，妙春能看見亡者之靈，那福星呢？

福星尷尬地摳了摳臉頰，「呃，我也不確定……只是，好像有時候會干擾一些咒語或結界的運行。」簡單來講，就是把事情搞砸。這實在不是什麼值得誇耀的能力。

「他的超能力就是搞砸事情和帶來災難。」寒川沒好氣地直接戳破，「此外一點用處也沒有。」

「理昂知道嗎？」

福星搖頭。他從沒機會、也不敢向其他人坦白這件事，只有子夜透過混沌之力感知到他的異常。

「哈哈！」紅葉露出個「贏了」的表情，伸手和珠月擊掌。

福星看著談笑風生的伙伴，退縮地發問，「那個，你們不生氣嗎？」

「只不過是變異之子，子夜也是嘛。」紅葉笑呵呵地摟著妙春，「可是一般人對變異之子沒什麼好感，所以會隱瞞也是理所當然的。」不僅為了自保，也是為了保護身邊重要的人不受到波及連累。

珠月溫柔地拍了拍福星，「一個人隱瞞這件事，對你而言也很不好受吧……」

同伴們的態度僅有好奇，沒有預期中的排斥或厭惡，這讓福星的心情放鬆了許多，內心再一次被寬慰和溫暖給包圍。

但，下一秒，深沉的愧疚感席捲而來。他再次利用伙伴的善意，掩蓋自己的錯誤。

布拉德點頭贊同，「相較之下，有些純種的反而惹人厭。」目光掃向弗蘭姆停頓了片刻，然後移到丹絹身上一秒。

「看我幹嘛！」丹絹惱怒。

「寒川還比較可愛。」洛柯羅笑呵呵地戳了戳寒川的臉。「現在也是。」

「放肆！」

「溫馨友情戲演夠了吧？」弗蘭姆瞪著眾人，冷聲開口，「先想想對策吧。」被瞎攪和一番，原本的怒氣頓時被打散，只覺得荒謬可笑。

「我們會一直被困在這個時空裡嗎？」珠月擔憂。

「這點倒不用擔心。」弗蘭姆回復以往的專業與冷靜，淡然解釋，「不管是觀源或溯流，在鎖定時間帶這個步驟都是相同的。當事件發生完畢之後，就會連接回最起始的時空點上——理論上是這樣，只要沒出意外的話。眼前最棘手的問題不是如何回去，而是如何撐到那一天。」

弗蘭姆隨手抓下桌面上的燭臺，往氣窗扔去。燭臺飛向鐵條之間的空隙，但卻沒穿越而出，反而像撞到透明的玻璃一般被彈回。

寒川苦笑，「我剛檢視過了。這房間嵌入了高段的禁制咒及警報咒語，沒那麼容易逃離。」

「我們在傳說中的黑暗魔女麗夫人的地盤，要怎麼全身而退，而不至於變成她的洗澡水，這是留在這個時空唯一的危機。」

布拉德搔了搔下巴，「也只能隨機應變吧，大不了直接殺出重圍。」

「以我們現在的武力，要突破麗夫人城堡的重武裝闇血族守衛和巫師？」弗蘭姆皺眉，「聽說她得到一名鍊金術師幫助，研發了許多禁忌的咒術，她的實力不可小覷。」

「連我們的隨身物品都沒搜走，要不是對自己的防禦有絕對的自信，就是根本不把我們當一回事。」翡翠無奈地打開背包，有點自暴自棄般地拿出薄荷糖丟入嘴裡。「畢竟沒料到會遇到這種狀況，沒人有帶什麼派得上用場的東西。」

「喔，那個——」福星吶吶地舉手。

眾人目光集中向福星。

福星支支吾吾地繼續開口，「其實，呃，那個，雖然這不符合校規，可是，嗯，總之我想說以防萬一，因為大家都知道我攻擊力超低，日落森林也不是太安全的地方——呃，當然不是說我對各位的能力有所質疑，只是……」

「你可以說重點嗎？」弗蘭姆不耐煩地瞪著福星。

「呃，就是……」福星拎起那鼓脹的背包，打開，把放在最上層的東西一一取出。餅乾、PSP、飲料、行動電源，根本就是要遠足的行頭。

「啊！是小魚餅乾！你剛才還騙我說吃完了！」洛柯羅一手扠腰，指證歷歷。

「你到底想幹嘛？」

「福星，你還好嗎？」珠月關心地看著福星，似乎擔心對方在時空逆返時傷了腦袋。

大概清出三分之一的東西之後，福星抓住背包角將之顛倒，塞在底層的東西一古腦地倒在地上。一把把組裝手槍、一排排子彈滑出袋口，在石地上撞出清脆的聲響。

眾人傻眼。

當所有東西傾倒完畢，福星抖了抖包包，最後掉出兩顆手榴彈。

「我在出發前跑了一趟遠距離兵器庫房，拿了點東西出來。」福星不好意思地開口。

「拿了『一點』？」寒川又開始抓狂，「你有事先申請嗎？外借兵器要填的四聯單你填了嗎？管庫房的布朗尼為什麼讓你取走？你該不會是用偷的吧?!」

「呃，我拿出藍思里的諭令，說是他要的，這樣比較方便省事。」福星抓了抓頭，「這樣不行嗎？」

他只是想多帶一點東西，以備不時之需。他不希望遇到危險時，自己又成為伙伴們的絆腳石，至少要能保護自己，別讓他人擔心……

「當然不行！這不合規定！」

「啊呀，現在哪管這麼多。」布拉德讚賞地重拍福星的肩，「幹得好！福星！」

翡翠拿起槍，在手中比試了一番，「你挑的不錯，都是好貨，這些東西轉賣到黑市，值不少錢。」

寒川瞪了翡翠一眼，「回去之後統統要繳回庫房！」

「回得去再說吧。」丹絹沒好氣地吐槽，神經質地搓了搓手臂，「或許在死於麗夫人的手裡之前，我會先死於細菌感染……」

「不錯嘛，福星。」紅葉媚笑。「越來越可靠了。」

「呃，沒有啦。」福星心虛乾笑。可靠的話，就不會搞出這些麻煩了。

弗蘭姆蹲在地上，隨手拿起一排子彈，「一般的武器對特殊生命體沒太大殺傷力，得加工。」她放回地面，看向福星，「至少還有些用處。」

福星不知道她指的是地上的槍，還是指他。

弗蘭姆起身，朗聲開口，「除了想辦法保命之外，逆返時空還有很多禁忌。以低調行事為原則，最好沒有任何人記得我們的存在，絕對不能暴露身分，我們的所作所為都有可能影響到未來。」

「所以說，我們要小心應對這個時代的人事物，以免干預既定歷史的發展？」

「對。但是，他們對我們卻沒有這方面的顧慮。」

不屬於這個時空的異鄉人，若在此處死亡，便會回歸虛無，不僅屍骨會在瞬間消失，連逆返時的存在也會被抹去，從這個時空的人的記憶中消失。

如履薄冰。細微失誤，都足以翻轉全局。

外頭隱隱傳來厚重的步伐聲，迴響在外側的走廊中。

「有人來了。」

福星等人趕緊將地面上的東西塞回背包，一行人若無其事地待在房間各處。

門扉開啟，穿著一般輕甲的守衛步入，對著屋中人宣告，「──克斯特夫人召見。」

眾人在守衛的監視下，一一步出房間。寒川和弗蘭姆走在最後頭。

「真正該擔心的，不是是否能存活吧。」寒川以幾近呼吸的氣聲對弗蘭姆輕語。「三十年戰爭，希望此刻不是『那一年』。」寒川的目光變得悠遠，有著難以言喻的苦澀。

禁咒毀裂、封獸出檻的那一年。

讓他中了咒、被禁縛在幼童之軀的那一年。

「……他們目前沒必要知道太多。就算是，我們也不能怎麼樣。」弗蘭姆沉默了片刻，「……或許，這一切不全都是失誤。」而是看來像失誤的定數，出自幽冥昊渺者的安排。

「妳是說有人刻意操弄？」

「如此精準的操弄，我認為沒有人能夠辦得到。」

牽涉的人事太多，時空太久，她不認為以現存的有智生命體能夠做到。

弗蘭姆抬眼，轉頭看著身後房間的那扇小窗，望向窄窗外無盡的蒼穹。

是嗎？

她以為不存在，以為只會冷眼旁觀的那位至上者啊……

Chapter05

先別管什麼穿越時空了，
你聽過安麗嗎？

手中持矛、腰間帶刀的守衛，一前一後地押著福星一行人穿越長廊，穿越樓梯。城堡裡的窗子很多，但全都掩在厚重的簾幕之後，微風從半掩的窗外吹入，讓布簾輕顫，幾絲細弱的日光乘隙竄入，在地面上撩撥出閃動的光紋。

寒川走在長廊上，小心地探視著城堡的構造。

一般闇血族的屋邸都採背光的方位，並且窗戶不多，避免致命的陽光進入屋中，帶來不必要的危害。麗．克斯特夫人的城堡，則一反常態，不僅窗多，而且都是大面積的落地窗。這點十分詭異。

「這代表陽光根本不足為懼……」似乎看出寒川的困惑，弗蘭姆低聲輕語。「至少在這城堡中，陽光已不是她的天敵。」

「是嗎……」寒川抬頭，經過了一段連天花板都嵌著彩繪玻璃天窗的走道，「或許，這也暗示了某些其他的事。」

弗蘭姆挑眉，等著寒川解釋。

「這屋子，其他闇血族想攻進來的話，並不容易。」這代表著，麗．克斯特夫人的主要敵人，就是自己的同類。

弗蘭姆盯著寒川，忍不住輕笑，「不錯，看來你沒我想的那麼笨。」

「哼！」

行走了一陣，領頭的侍衛在一扇對開的深黑檜木門前停下腳步。黑漆將木門包裹得油潤發亮，上頭嵌著華美的古銅色花紋。但明眼的人一眼就能看出繁複的花樣裡包藏著深厚的符文，結合著防禦與攻擊雙重功效。

侍衛向守門的僕役知會了聲，高大得不自然的守門者單手將那厚重的門扉開啟，恭敬而優雅地伸手向內，擺出了「請進」的姿勢。

布拉德看著守門者，瞪大了眼，直到擦身而過後才輕聲鬆了口氣，「天啊……」

「怎麼了？」

「那是安泰俄斯族，神話傳說中巨人的後裔……」

強健的身軀和絕對的蠻力，向來是獸族青年的崇拜對象，而他第一次看見實體！他以為這個族裔在千年前就滅絕了。

一踏入房中，壓迫感隨之而來。

廳堂十分寬敞，圓形的空間四周被厚重的簾幕遮蔽，只有廳堂正前方靠牆處，亮了幾根蠟燭。廳堂的中央、圓心的上方，開了道圓形的窗，窗上嵌著透明的玻璃，任由屋外殘餘的夕陽餘暉灑入，在昏暗的空間裡，自上而下射下一道光柱。

福星一行人被帶向中央，站在光柱的正下方，彷彿聚光燈下的演員。只是觀眾的眼神，讓人坐立難安。

雖然是如此危急緊繃的時刻，福星還是控制不了自己腦子的胡思亂想。這樣的場景讓他不禁回想起幼稚園時的畢業公演，他所屬的小蜜蜂班，表演的是名為蝴蝶仙子的童謠歌舞劇。

每個小朋友穿上背後附著蝶翅的連身緊身衣，蝶翼是以類似絲襪的彈性料製成，在舞臺五彩的燈下看起來有如彩色的薄霧一般。

乍看之下應該是很夢幻天真的畫面，但他在出場前三分鐘因太過緊張跑了趟廁所，獨自重新穿上這複雜的衣服時，搞錯前後，但又來不及更換，只好硬著頭皮登臺。

最後的畫面是，一群背長彩翼的彩蝶仙子，混著一名肚前長了兩片貝殼的蚌殼精一同在假山假樹間共舞。

他還記得臺下老師的臉色都很難看，只有他爸和琳琳拿著老式V8邊錄邊狂笑不止。

「太威了，福星！」賀玄翼在兒子下臺之後，不顧師長的臭臉，重重地拍了福星的肩，「這次的表演太傑出了，要不是有你，我看家長們可能會一路睡死到謝幕吧。」

「可是我搞砸了……」小福星怯怯開口。「很丟臉。」

「其實還好。」已是國中生的芙清打了個呵欠，「只是很好笑。」

「我不覺得丟臉啊。」琳琳笑著摸了摸他的頭，「而且，你知道會出醜卻沒有逃避，我覺得很棒。」

「我們以你為榮。」

福星苦笑。他搞砸了好多事，這次，他們還會以他為榮嗎？他還回得去嗎？

後方門扉再度開啟，福星不敢回頭。

腳步聲朝他們前進，在光柱旁的暗處停下。福星側眼看，發現是理昂和以薩，那兩人身上包著繃帶，看起來有點像木乃伊。

「你們是誰？」平穩不帶感情的女音，直截地質問所有不速之客。

福星怯怯地抬起頭，直至此刻他才發現麗．克斯特夫人早已坐在屋中。位在圓形光柱前方的暗處，暗處高臺的金屬大椅上。

麗．克斯特夫人身後的燭光搖曳，陰影讓她原本雪白的肌膚看起來更加慘白，穿著暗紅色天鵝絨長裙，明豔如血。

「火妖，弗蘭姆。」弗蘭姆率先開口，不卑不亢。「關於冒昧闖入——」

「我只問你們的身分。繼續。」麗．克斯特夫人輕輕打斷弗蘭姆的解釋，語調既柔且冷，彷彿鋼琴線，柔軟的線條，卻能劃破血肉。

弗蘭姆立即噤聲。

「天狗，寒川。」寒川看了理昂和以薩一眼，示意他們接著開口。

「以薩．涅瓦。」

「理昂……」理昂停頓了極短的片刻，「涅瓦。」

以薩雖在那一瞬間感到困惑，但立即能理解理昂捏造姓氏的原因。夏格維斯這個姓氏不管在哪個時代，都是非常敏感的。

「兄弟？」

「堂兄弟……」

麗．克斯特夫人盯著以薩和理昂一會兒，接著將目光轉回光柱下的一行人。

「風精靈，翡翠。」

「啖狐，紅葉。」

「狸貓精，妙春。」

「蜘蛛精，丹絹。」

「蛟人，珠月。」

「貓妖，小花。」

「我是洛柯羅。」洛柯羅笑呵呵地說著，大膽地直視著麗．克斯特夫人。

「族裔？」

洛柯羅偏頭，笑了笑，「祕密。」

「他是妖精，夫人。」福星趕緊開口，連他自己都被嚇到，「抱歉，他狀況比較特別，但絕不是有意挑釁。我是蝙蝠精，賀福星。」

麗．克斯特夫人似乎對洛柯羅的失禮不怎麼在意，只是將目光集中到下一人身上。

布拉德平淡地開口，「布拉德．阿爾伯特。」他無奈地輕嘆了聲，「狼族。」

眾人屏息，彷彿被抓到罪行的現行犯一樣膽戰心驚。

布拉德是狼族，這並沒有錯，但在不該出現的時間、不該出現的場合現身，就是大錯特錯。

這個世代，不同種族的人類彼此爭伐，不同族裔的特殊生命體也彼此交戰。帶著狼族闖入闇血族的城堡，等於是宣戰的行為。

寒川和弗蘭姆互看了一眼，交換了個眼色，隨時準備發動攻擊。

麗．克斯特夫人沉默了許久，以冷豔寒凜的眼眸仔仔細細地審視了所有人。

「領頭的是誰？」

眾人互看了一眼，接著寒川抬頭，「是我。」

「我第一次看見這種組合，不分族裔混雜在一起行動。你們是什麼來歷？出現在這裡的目的是什麼？」

「為了避難，大人。」寒川不卑不亢地開口，說出剛才在路上早已想好的說詞，「斐迪南大公引起教派爭端之後，西陸陷入戰火，東亞的大明帝國在閹人干政後衰敗不已，加上淨世法庭如芒刺在背。大人，我們這些沒有家族依仗的弱者，只能團結起來，找個穩固的靠山歸附，尋求平安。」

十七世紀時的他已五百歲，對這個年代的情況並不陌生。在戰亂時，沒有從屬大家族歸附的落單特殊生命體，通常會為了自保而和其他族類同行，找尋願意收容他們、並且勢力龐大的家族當靠山。

麗・克斯特夫人點點頭，「你們想投靠的是？」

「水妖奧班家族。」

麗・克斯特夫人輕笑了聲，「奧班家族已經沒落衰亡了。五年前最後的族人都已朝北遷移。」

「怎麼會……」寒川故作震驚，「看來我們的消息已經過時……」

他早知道奧班家已衰亡，他是故意說出此話。在這個世代，消息流通的速度並不快，有時候得到的訊息都已事過境遷數十年。

「該怎麼辦？」弗蘭姆跟著幫腔，表現出無助擔憂的樣子。

寒川沉默，作出苦惱深思的模樣，最後露出壯士斷腕、孤注一擲的表情，看向麗．克斯特夫人，「大人——」

「可以。」不等寒川說完，麗．克斯特夫人早已猜出寒川將要提出的要求，「我可以收留你們。」

寒川瞪大了眼，這次是真的驚訝，不是裝出來的。因為麗．克斯特夫人的反應爽快果斷得令人詫異。

事實上，從踏入廳中，他就覺得怪異了。麗．克斯特夫人雖然稱不上親切和善，但給人相當明理的感覺，和暴虐無道嗜血殘酷的形象相差甚遠。

即便是寬厚如水精靈那樣的族裔，面對來路不明的投靠者也是會再三顧忌甚至拒絕。而他們貿然闖入，還帶著獸族，竟然如此輕易地被收留?!

不，或許開明只是表象。說不定麗．克斯特夫人收留他們有其他目的。不可放鬆戒心。

「但是，你得先解釋你們是如何出現在堡內。」

「弄壞了您的城堡真的很抱歉，」寒川故作冷靜地開口，「那是因為我們本打算進行空間轉移之術，直接抵達奧班大人的據點，但是過程中出了失誤，所以便中途停止咒術運轉，意外迫降在此……真的萬分抱歉！」

「空間轉移？」麗．克斯特夫人輕笑，「能夠施展這樣的咒術，應該不算是需要投靠他人的『弱者』吧？」

「哎，半吊子罷了，要是真的有本事，就不會失敗了。」寒川苦笑。這些對話他早已預想到，並想好說詞，回應得非常流暢。

情勢儼然已在掌控之中，站在寒川身後的一行人，稍稍放鬆了緊繃的心。

「說的也是。」麗．克斯特夫人微笑，但立即斂起笑容，以嚴謹的眼神盯著寒川，「還有個問題。你說明同行的目的是為了避難，卻沒有說明促成你們同行的契機是什麼。即便弱小的族裔會合作一同行動，但都是以鄰近棲地的種族為主，我從未見過混雜了這麼多族裔的團體。你們的成員來自世界各地，是什麼機緣讓你們湊在一起？」

寒川沒想到麗．克斯特夫人會有此一問。他忘了能在特殊生命體界掀起颶風暴雨的闇之魔女，是不會這麼容易被打發的。

「會聚在一起的原因嘛……」寒川開始支吾，「這不是什麼拿得上檯面的原因。畢竟我們是這麼弱小，弱者當然得想辦法在亂世自保，所以……」

他腦子飛快地轉動，但怎麼樣都想不出合理的藉口。

麗．克斯特夫人沉靜地看著寒川，「是赫爾曼派你來的？」

「不，不是！」寒川否認，他根本不知道赫爾曼是誰，但從麗．克斯特夫人的表情看來，似乎不是可以稱為朋友的人。

麗．克斯特夫人不語，靜靜地看著寒川。原本守在一旁的佩劍侍衛，此時默默地將手移到腰間的劍上。

寒川亂了手腳，但仍故作冷靜，他和弗蘭姆暗暗凝聚異能力在掌中，隨時準備戰鬥。

「我們聚在一起的原因是因為，我們——」

「是江湖藝人！」

出乎意料地，寒川的話語被打斷，劍拔弩張的氣氛也在一瞬間停頓。

眾人將目光集中到發言者身上。

「我們是江湖藝人。」福星嚥了口口水，強迫自己不去注意其他人的眼光，「遊走在各國之間的馬戲團。」

麗．克斯特夫人挑眉，似乎對這答案感到好奇，「馬戲團？」

「是的，寒川是團長，他收留了我們。」福星深吸了一口氣，繼續瞎掰，「團長他周遊在世界各地，收留孤苦無依的我們，還供給我們衣食。」

「收留是什麼意思？」

「唉。」福星做作地長嘆一聲，以帶著哽咽的腔調開口，「我們都是孤兒。有的人是被白三角奪去家人，有的人是在戰亂中失去家人，還有人是被家族遺棄……」說到這，他刻意停頓了一秒營造效果，「我和妙春，是被族人驅逐的變異之子。」

「變異之子？」麗．克斯特夫人的表情明顯轉變，原先的嚴肅和凌厲已緩和不少，她以不易察覺的讚許目光看向寒川，「你連變異之子都收留？」

寒川尷尬地點點頭。他已經不知道該說什麼了。

福星繼續開口，「是的！從小就流離失所孤苦無依的我們，在特殊生命體界和人界的夾縫中苟且偷生，生不如死，死去活來，來日方長。」福星激動地說著，接著奮然起身向前一撲，跪在寒川身邊，緊握著對方的手，「直到遇見了團長，我們黑暗的生命終於出現曙光！」

福星身後的一行人，包括站在一旁的理昂、以薩，全都露出難以言喻的微妙表情。

「如果是如此高貴的情操，為什麼他難以啟齒？」

「說是江湖賣藝，但其實也沒什麼真本事，只是把特殊生命體既有的能力包裝一下，在人類面前賣弄罷了。」福星抓了抓臉，苦笑，「淪落到要靠這種方式維生，其實真的有點丟臉。」

麗．克斯特夫人看了看福星，接著看向寒川，以眼神質問真實性。

「呃，正如他所言。」寒川額冒冷汗，他沒料到福星會這樣瞎攪和，也只能硬著頭皮掰下去。「這種偷雞摸狗的事，怎好意思在大人面前吹噓……」接著話鋒一轉，回到主題，「會出此下策實在是不得已。這幾年來世界動亂不堪，想要找個和諧平靜之處安歇並不容易。人類不好過，寄宿在人類社會的我們也順遂不到哪去，所以……」

當寒川還在努力說服麗．克斯特夫人留下他們時，夫人主動開口，「我了解。從兩世紀前黑死病橫行的黑暗時代，就有許多同類受到波及，淨世法庭煽動的獵殺女巫運動，毀了不少部族。」麗．克斯特夫人長嘆了一聲，「你們可以留下。」

「您能理解實在太好了。」寒川暗自鬆口氣，「我們願意為您效勞，以報答恩情。」

麗．克斯特夫人對著守在身後的人喚了聲。「瑟芬，你有什麼意見？」

「一切遵照您的意思。」名為瑟芬的男子恭敬回應。

福星認出聲音，是方才為首的侍衛。從他站立在麗．克斯特夫人最近側的位置，可以看出瑟芬在堡中的地位。

「況且，既然是馬戲團，那麼正好。」瑟芬繼續開口，「可以在夫人您的婚禮上演出。」

「什麼！」婚禮？表演？

福星一行人錯愕。看來，好不容易脫離險境，卻一腳踩入另一個麻煩當中。

「呵，那就交給你安排。」麗．克斯特夫人淺笑，「相信約爾回來時會非常驚訝。」

福星看著麗．克斯特，雖然只是一閃即逝的笑容，但那容顏完全就是戀愛中少女的面容，單純，幸福。

審問完畢，福星等人的嫌疑暫時洗清，麗．克斯特夫人揮手下令，一旁的侍衛轉動牆上的樞紐，將屋頂的天窗闔上，讓秋末的日光留在屋外。其他的僕役同時動作，點起屋裡明亮的油燈，吹熄昏暗搖曳的燭火。

陰暗昏昧的屋子轉眼間燈火通明，在燈光的照耀下，顯露出室內的原貌。

先前被黑暗籠罩的空間，其實是個窗明几淨的廳堂。牆上繪著暖色調的花紋，地面鋪著圖案明豔的土耳其地毯，屋子的中央懸掛著水晶燈，折射著七彩的光芒。

華麗、光明。傳統闇血族城堡習慣以冷色調與深色系為主調，但這裡，很不同。

麗．克斯特夫人起身向瑟芬交代了一陣，接著，經過福星一行人身旁。

「歡迎。」她淡淡地微笑，然後越過他們逕自離去，既不熱烈，也不冷漠，給人溫水一般的感覺，彷彿福星等人的出現對她而言不痛不癢。

「諸位請隨我來。」瑟芬走向福星等人，接著脫去面上的皮製盔甲。盔甲之下，是個黑髮黑眸的青年，看起來帶著書卷氣，斯文內斂的清逸靈秀，不像是護衛，反而像個文士。

福星覺得，瑟芬給他一種似曾相識的感覺。

見到對方面容的那一刻，寒川和弗蘭姆同時愣愣，盯著對方片刻之後，才回復正常。

看來，他們都同時把他誤認成某個人。

瑟芬帶領著眾人穿梭在堡中，原先垂掩的簾幕捲起，露出明淨的大片窗戶，屋外天色已轉黑，但遠山仍隱隱透著一抹殘霞餘光。

「諸位的廂房在東翼一樓的客房，克斯特夫人似乎將你們視為客人。大部分投奔者都有各自的工作，但你們身分特殊，加上人手已足夠，所以目前不會安排職務。在婚禮之前，諸位專心準備演出即可。」瑟芬邊走邊開口，「晚膳是兩個小時之後，克斯特夫人習慣和客人吃飯談話。諸位是周遊世界的表演者，相信有許多見聞可以分享。」

「謝謝。給您們添麻煩，萬分抱歉。」寒川謙恭地開口，「冒昧請問，我們這樣留下，公爵夫人是否……」

「夫人向來好客，對於有難的人不遺餘力地給予協助。」瑟芬停下腳步，回頭，「即便是在這敏感時刻，來路不明的人。」

寒川苦笑，「確實如此。被認為是入侵者也是非常合理的。」他自己都覺得他們這伙人的出現方式和言談真的是可疑至極。這時候多加辯解反而有欲蓋彌彰的感覺，不如順其自然。「公爵夫人的心胸如此寬大，我們也受寵若驚。」

瑟芬見寒川談吐坦然，挑眉，似乎對這伙人沒那麼反感。

「或許是因為，即使是駑鈍的山怪族，也不會採用如此笨拙愚昧的入侵方式吧。」瑟芬的語氣不再那麼冰冷僵硬，雖然仍舊平淡。

「要比笨拙愚昧的話，我們可是有絕對必勝的王牌。」布拉德壓低聲音輕笑，「是吧，福星。」

福星瞪了布拉德一眼，不服氣地哼了聲。雖然表面上生氣，可他心裡偷偷感謝布拉德用平常的態度對待他、開他玩笑，而沒有直接指責他。

瑟芬的腳步最後停在一條走道上，長廊兩旁是一扇一扇的房門，看起來像宿舍。

「這裡是諸位的房間，雖說是客房，但其實是由傭人房整理改造而成，因此十分簡陋。」瑟芬邊解說邊打開一道房門，裡頭是單人房，該有的家具都具備，還附設暖爐，能抵禦將至的寒冬。

「這裡非常好！真的非常感謝！」

「空著的房間都能任意使用，但希望各位選擇靠樓梯這一側的房間，走廊底端倒數的那幾間，不建議入住。」

「有什麼原因嗎？」福星好奇。

瑟芬微笑，「因為那裡在冬天時會很冷。」

福星傻愣愣地點頭。但其他人心照不宣，直覺感受到瑟芬講的是藉口，而非真正原因。

「這裡房間真多。不知道我們的入住是否會影響到原本的使用者？」珠月客氣發問。

「不用擔心。這些房間都已經很久沒人住了。」

「這樣呀……」珠月點點頭。她回頭看向那長長的走道，兩側被一扇扇間隔相等的門扉嵌滿的走道。一扇扇門扉後方，是一間間空蕩的臥房。

那，原本住在這裡的人呢？

「請問婚禮是什麼時候？」翡翠舉手發問。

「預定是十一月底。」瑟芬的語氣在一瞬間變得猶豫遲疑，「如果爵爺大人能如期歸來的話。克斯特夫人是先嫁進來才舉行婚禮，因為爵爺在婚禮前被派遣出使到波希米亞，與華倫斯坦大人商討軍事。」

阿爾布雷赫特・馮・華倫斯坦是波希米亞的豪強兼軍事家，在三十年戰爭中扮演舉足輕重的角色。他率領的軍隊所向披靡，無往不利，其中一個最主要的原因就是，他聘用了許多特殊生命體作為傭兵。

華倫斯坦從小失去雙親，是由妖精撫養長大的，睿智強悍的實力讓他能橫跨特殊生命體和人類兩個世界。

寒川聞言，臉色微變。他撐著略微僵硬的笑容開口，「不好意思，我想再請教一個問題。這問題或許有些滑稽，但因為我們之前是在東亞一帶的大明帝國活動，所以和歐陸有些脫節。請問今年是主後的第幾年？」

華倫斯坦如日中天的勢力，在一六三二年十一月兵敗之後開始走下坡，並於一六三四年被暗殺。如果現在仍處於他得勢的年代的話……那……

瑟芬不以為意地回答，「一六三二年。今天是十月二十四日。」

寒川臉色瞬間僵死，連福星都看得出來寒川臉色的轉變。

「怎麼了嗎？」

「沒什麼，團長想起了些事。」弗蘭姆苦笑著解釋，「再過不久就是團長重要的人消失的日子，他有點感傷而已。」接著轉過頭，甜笑著對寒川開口，「已經過去的事，就無法挽回了。別想太多，可別做出遺憾終生的事喔。」語調雖甜，但意有所指。

「我知道。」寒川回復平日的冷靜，「謝謝您的答覆。」

「我的臥房在東翼的最高層，圓柱尖塔的上方。」瑟芬指著窗戶外，那高聳的尖塔，「有問題的話隨時可以來找我。」

「謝謝。」

眾人照著瑟芬的話，避開走道底靠窗的房間，隨意地在走道前端挑了幾個房間入住。

接著全部集中在弗蘭姆的房裡，商討接下來該如何應變。

「福星，你剛剛表現得太棒了！」珠月由衷讚嘆，「整個化解了危機！」

「是啊！」紅葉一手勾住福星的肩，親暱地捏了一記福星的臉，「腦子什麼時候變這麼機靈？膽子什麼時候變這麼大啦？」接著，賊笑了聲，湊到福星耳邊輕語，「除了膽子，還有哪些地方也變大了呢？改天讓我見識一下吧……」

「紅葉！」福星整張臉漲紅。

「妳這低級的女人，收斂點。」丹絹一把將福星扯開，拉到自己身旁的位置。「妳的羞恥心是掉在時空之道裡了嗎？」

「或許掉在你的褲襠裡。」紅葉撐著頭，直視著丹絹，「介意我伸手進去搜嗎？」

丹絹重哼了一聲，撇開頭不再回應，但福星發現丹絹的耳根子似乎比原先紅了些。

「看起來是化解了危機，卻製造出新的問題。」布拉德沒好氣地望向福星，「馬戲團？我們要怎麼樣搞出節目來應付？」

「是啊。雖說只是發揮異能力，但如果效果太差的話，很容易被揭穿。」翡翠嘆了一口氣，「早知道會遇到這種狀況，我應該帶幾套魔術道具組來。那東西滯銷了好一陣子。」

福星哼哼兩聲，露出自信的笑容，「實不相瞞，其實我對魔術小有研究。」

國中的某個暑假，他上網訂購了魔術戲法的函授課程，整個假期都在苦心鑽研。本來是想開學之後到班上表演，贏得女同學們的青睞，誰知道另一個長相頗帥的傢伙，靠著一把吉他自彈自唱，奪走了福星原本預想得到的光環。

他真的搞不懂女生，以前是，現在也是，不過，現在他更搞不懂他自己。

「喔？」布拉德挑眉，「來一手試試。」

福星從口袋掏出一枚硬幣，夾在指縫中，「來，看好囉！這是一枚硬幣，各位可以看到它是一枚很單純的硬幣，沒有動任何手腳……」夾著硬幣的手在空中裝模作樣地靈巧翻轉移動。

「我只看到一枚很單純的白痴……」丹絹冷哼。

「然後——哼哈！喝！呼——」發出一連串怪叫之後，福星朝指尖吹了一下，拍了下手，然後像中邪一般，雙手在空中揮舞一陣，接著攤開手，像是現寶一般，得意洋洋地笑著，「看！變不見了！」

「喂！」

翡翠冷冷看著福星，「啊，確實，我看見有個東西消失不見了——你的腦子。」

「那東西應該一開始就不存在。」布拉德補槍。

「呃，所以你們真的打算在婚禮上表演這個？」珠月有點尷尬地詢問。「不太好吧……」

「不用擔心。」弗蘭姆悠悠開口，「婚禮不會舉行。」

「什麼？」

「十一月時，呂岑之役，華倫斯坦兵敗，克斯特公爵會戰死。」

「什麼?!」除了丹絹，其餘眾人無不驚訝。

「雖然呂岑之役中，華倫斯坦兵敗，但瑞典國王古斯塔夫二世也在戰爭中陣亡，瑞典軍喪失進攻能力。華倫斯坦功高震主，回返波希米亞沒多久，就被神聖羅馬帝國皇帝派遣的刺客暗殺了。」丹絹一副老謀深算又自得意滿的樣子，「雖然中古歐洲史有提到，但或許大多數的人對細節的史事並不是很了解，這無可厚非。」

布拉德和翡翠沒好氣地看著丹絹，懶得吐槽了。

「克斯特公爵是人類嗎？」福星很好奇。守舊封建的闇血族，允許族人與人類通婚？

「他是混生種。闇血族和人類所生。」一直沉默的以薩這時才開口，「克斯特公爵的母親是匈牙利小支派的闇血族，直到嫁入克斯特家，藉著人類的勢力，在政壇和人類社會中取得地位，接著反過來影響提升自身在闇血族裡的勢力。」

難怪麗夫人在得知寒川收養混生種的變異之子時，態度會有所轉變。

「至於祖母……嗯，麗．克斯特夫人，她是來自立陶宛的闇血族歌爾特家，也是個不起眼的小家族，但歌爾特家在麗的經營發展下逐漸強盛。所以族人對她的作為不加以干涉。」以薩的聲音隱隱透露著驕傲，「克斯特家的江山，是靠著自己的雙手打造出來的。」

有別於自古即占著統領者地位的始祖軸心家族，克斯特家是中世紀崛起的新興勢力。不過，克斯特家有許多做法在保守派闇血族眼中並未得到贊同，甚至視為禁忌。例如和人類通婚，或者在人類的社會中過度曝光。

「確實。」寒川點頭，「麗夫人的權謀和政治手段，在當時無人能及，是難得一見的女中豪傑。」

「你祖母真厲害耶。」

以薩苦笑，垂下眼簾，「不過，最終卻走向歧路，與罪惡為伍……」

理昂看著以薩一眼，不發一語。

福星偏頭，「可是，她看起來不像是壞人……」雖然嚴肅冷漠，但是總覺得不像是殺人浴血的瘋狂魔頭。

翡翠冷哼了聲，「你看起來也沒那麼笨。看人不能看外表。」

「我知道，但是她對我們的態度感覺很明理，而且還收留了我們……」

「說不定是另有所圖。」以薩長嘆了聲，冷冷開口，「別忘了，她是殺了數百人、毀滅了無數特殊生命體的血腥夫人、罪孽魔女。」

以薩對麗夫人的情感很複雜，既崇拜又憎惡。他崇拜祖母能夠在亂世撐起克斯特家，又憎惡祖母以罪孽與鮮血染汙了克斯特家的名聲。

福星不語，他不知道該怎麼講出自己的感覺，其他人也沒多作辯駁。因為不只福星，其實每個人的心中都有著同樣的狐疑，麗夫人的舉動和態度，和傳聞相距甚遠。

「算了，至少我們目前是平安的。」弗蘭姆看向屋外的天色，黑幕低垂。「我們所要做的，就是什麼都不要干涉，靜靜地待在這個時空中，見證這段歷史。然後等待這條既定的時光帶結束，啟動逆時之術，將我們送返原有的時空。」

「我們必須想辦法融入這裡，以觀察到每一個細節，記下歷史的原貌。」寒川提醒，「只有這次機會。每個生命體在一生當中只能逆返時空一次。」

「為什麼？」

「因為，進行第二次時空溯流的人，沒有一個回來過。或許往返時空太多次會造成自體內的時空紊亂，而陷溺在時空之道的洄瀾之中。」弗蘭姆逕自走向一張床邊坐下，「我累了。今天發生的爛事比我這輩子加起來還多。」她打了個呵欠，伸了個懶腰，「對了，為了安全起見，我建議最好兩個人以上同房。」

「了解。」

「晚餐時見。」

離開弗蘭姆的房間後，大家各自離開，挑選了房間。有了修學旅行的經驗，這次分房的速度快多了，眾人相當有默契，自動和伙伴進入同一間寢室。

一進房，發現大片的窗戶被簾幕遮著，福星立即拉開窗簾，讓屋外的星空展現，推開窗，沁涼的晚風拂入。

「空氣很好。」

「嗯。」

理昂默默收拾著東西，打量屋內的各個角落，似乎在為可能發生的戰鬥做準備，摸索地形，搜索是否有可疑的機關。

福星坐在窗邊，盯著理昂。他想說些什麼，一時間卻又不知如何開口。

抱歉，又把你扯入麻煩的事情裡。

他想這麼說，但是立即發現這話他不知道對理昂說過多少次了。他的道歉一點價值也沒有。

似乎是終於檢查探勘完畢，理昂輕輕拍去袖上的灰塵，抬頭望向福星，直直盯著他。

「呃，怎麼了？」

理昂盯著福星，不發一語。

「你生氣了？」

理昂挑眉，算是委婉地默認。

「那、那個，呃嗯，我很抱歉！真的很抱歉……」福星有點慌了，這是理昂第一次這麼直接地對他表示不滿。「都是我太白目，才會害大家陷入這樣的困境之中，我真的很──」

「我在意的不是這個……」理昂悠悠輕語。

福星不解，「啊？」他又做了什麼白目行為冒犯到理昂了？

理昂抿了抿唇，略微遲疑，低語，「變異之子的事……」

「呃！」福星差點忘了他不久前才在眾人面前自曝身分。「抱歉，我不是有意隱瞞的，因為聽說身為混生種又是變異之子，在特殊生命體界似乎不是什麼好事。」福星尷尬地抓了抓頭，乾笑兩聲想緩和氣氛，「傳聞變異之子會帶來不祥，我搞砸了這麼多事，看來傳聞是真的呢。嘿嘿……」

但理昂的臉上沒有任何笑容。「翡翠他們知道嗎？」

「知道。」不久前才知道的。

理昂皺眉，不悅地嘖聲。

福星長嘆一聲，低下頭。「很抱歉。我是變異之子……」

雖然早有預想自己的身分可能會遭人唾棄，但被自己的朋友厭惡，這種感覺很糟、很痛。

「我在意的不是你的身分。」就算賀福星是人類，也無所謂。

福星抬頭，不解。

「我在意的是，」理昂走向福星，認真地低語，「為什麼我是最後一個知道的？」

「呃，因為……」福星有點不知所措，「因為剛才你和以薩被帶去治療……呃嗯……」

理昂挑眉，「所以他們也是來到這個時空才知道？」

福星點頭。

理昂微微鬆了口氣，原本嚴肅的臉緩和，回復成平日的冷靜平淡。「你可以早點告訴我。」

「呃，我以為這種事不適合張揚，我媽我爸也勸我最好不要透露混生種的事。」

他有點受寵若驚。所以，理昂在意的是這個?而不是他的身分?

這是在吃醋嗎?為了他吃醋?

福星嘴角忍不住揚起，但立即在心裡喝斥自己：該死的!他興奮害羞個屁!都是珠月和妙春害的，他不應該好奇去向她們借書的……

理昂轉身走向一旁的書桌，拉開雕花木椅，優雅坐下。星光灑入，和著屋裡的燈火，照耀著理昂。

理昂已換上這個時代的衣服，雖然只是簡單基本的白襯衫和貼身的深色長褲，但看起來就像是從畫裡走出來的騎士一樣，自然無違和感。

雪白的肌膚上，隱隱透著一塊塊顏色和大小不均的紅斑。那是被日光曬傷的痕跡。

「理昂，你的傷還好嗎？」

「無大礙，只有表皮灼傷，紅痕明天就會消失。」理昂撐著頭，「比你的寵物之前造成的傷害輕多了。」

理昂說的是一年級時，小柿搞出來的幽靈事件。

「哈哈，真不好意思喔。」福星坐在床邊看向窗外。滿天星斗，和三百多年後的天空沒什麼兩樣。「那個，你對麗．克斯特夫人有什麼看法？」

「沒有。」在還不了解一個人之前，他不會妄下結論，以免影響自己的判斷力。「只是……」

「嗯？」

「剛剛，她提到了一個人。」讓理昂有點在意且難以忽視的名字。「赫爾曼，那是我祖父的名字。」

並且，他也沒看漏，當麗夫人吐出「赫爾曼」時，眼中明顯的敵意與殺意。他隱瞞姓氏是正確的。

「說不定不是你祖父，叫赫爾曼的應該很多吧。」

「或許吧。」理昂結束了這個話題。

他祖父在此時正好是夏格維斯家的族長。征討克斯特家，並且處刑麗夫人的策劃者之一。他不想說這些，多說無益，最重要的是，他不想讓福星知道。

赫爾曼以獨裁專斷的手段掃除異己，讓夏格維斯在闇血族中，甚至在整個特殊生命體界建立絕對的權威，枉死在他手下的無辜生命不計其數。要比殘酷的話，絕對和「傳聞中」的麗夫人不相上下，只是赫爾曼的故事被包裝成英雄。他不想讓福星知道自己的祖父是那樣的人。

他要福星對他坦率，自己卻有所隱瞞。他承認，自己是個自私的傢伙，但是，他不想讓福星困擾。他不認為這麼做是錯的。

理昂輕嘆，撇開腦中的雜念。坐在桌邊，百無聊賴地翻著原本放在抽屜裡的聖經。

人所行的，在自己眼中都看為正。

——箴言二十一．二

花體的拉丁文聖經映入眼中。理昂皺起眉，沉靜了片刻，將書闔上。

他得找些別的書來消磨時間。

「這房間不錯，說是簡陋的客房，但感覺和夏洛姆的宿舍不相上下。」紅葉一進房就躺入柔軟的床中，笑呵呵地望向站在門邊的妙春。「妙春，妳要睡靠窗還是靠走廊？」

妙春快步飛撲上床，窩在紅葉身邊，抓著枕頭，不發一語。

「怎麼了？」紅葉坐起身，伸手搭在妙春的背上，輕撫。「時空逆返造成的震盪讓妳不舒服？還想吐嗎？」

妙春搖了搖頭，不說話。

紅葉笑著，耐心地輕拍著妙春的背。從幼童時開始，妙春只要心情不好，不管是恐懼或悲傷，她總是窩在床上縮成一球。這時候紅葉就會像這樣靜靜輕拍她的背，直到妙春入睡，直到妙春不再憂傷害怕。

過了好久，當紅葉以為妙春睡著時，細細軟軟的聲音從枕頭中傳出。「不是……」

「嗯？」

「不是時空逆返的關係。是這個地方本身……」妙春緩緩轉頭，看著紅葉，「很吵。很多人在吵。」

「那是當然的，因為我們突然從天破樓而降，驚動到那些衛兵——」

「不是，不是活人。」妙春嚥了口口水，壓低聲音，「是死人的聲音……」

那噪如蠅舞蜂飛的聲響，是棲留在此處的亡者之泣。

紅葉的笑容斂起，但不見懼色，依舊柔聲開口詢問，「現在這裡有嗎？」

妙春搖頭。「但是很大聲。走道底端的房間傳來很吵的聲音……」

紅葉拍了拍妙春的頭，輕聲安撫，「不用怕，死去的人傷不了我們。」只有活著的人，能奪取他人性命。

「這裡不一樣！」妙春咬住下唇，不安地皺眉。「這裡很怪，明明感覺不到什麼執念，卻逗留了這麼多魂體……」通常，只有對人世抱有深沉執念的魂體才會駐留於現世。

紅葉微笑，「不用擔心，我會保護妳。妙春只要開開心心地過日子就好了。」

「我也會保護紅葉姐姐！」妙春奮然坐起，「我會努力讓紅葉姐姐幸福的！」

「妙春？」紅葉詫然，她沒看過妙春這麼認真。一瞬間，她覺得妙春成長了許多，不再是個懵懂無助的小女孩。「妙春什麼時候變這麼了不起啦？」

「福星教我的。」妙春不好意思地低下頭，「他那麼弱，年齡又比我小，而且都是變異之子，卻這麼努力為大家著想，所以我……」越說聲音越小，小小的臉蛋再次埋入枕頭不語，只是這次並非出於恐懼，而是羞怯。

紅葉笑著，繼續輕拍妙春的背。

福星，謝謝。

她覺得很幸福，死已不足為懼。

SHALOM ACADEMY

Chapter06

亡者的呢喃聲擾人難眠

SHALOM ACADEMY

夜間九點，克斯特堡的晚膳開始。比起一般人的用餐時間晚，但是對闇血族而言，此時正是活躍的時刻。

麗夫人在宴客廳準備了豐盛的餐點，長桌上擺滿了精緻的食物。

福星一行人在早些時候被侍女帶去澡堂沐浴清潔，換上了這個時代的服裝。大部分的人穿起來都很合適，只有福星看起來有點格格不入，有點像是穿著戲服或跑錯場的 cosplay 同好者。

「歡迎，房間還滿意嗎？」麗夫人已坐在主位等待。此時的麗夫人褪去原本暗紅色的禮服，換上輕便的鵝黃色長裙，使得凜然嚴肅的氣息跟著消減不少，感覺親和許多。

「非常完美，克斯特夫人，實在太感謝了。」寒川謙恭地彎腰致敬，接著向身後的同行者點了個頭，示意眾人坐入長桌兩側。

「不必多禮，叫我麗就好。」

「那太冒犯了。」寒川誠惶誠恐，「至少，讓我們稱您麗夫人。」

麗夫人是後世對麗．克斯特的泛稱。在這個時代，「克斯特夫人」才是正式的稱呼。

麗夫人笑了笑，「隨你。」

寒川和弗蘭姆坐入離麗夫人最近的位置，以薩坐在寒川旁邊，接著是福星，洛柯羅則是坐在福星對面。布拉德自知獸族的身分在闇血族的地盤並不討喜，非常識相地坐到最遠的位置。

當他以為自己坐的是最末尾的位置時，身旁的空位被拉開，瘦長的身影坐入。

布拉德挑眉，好奇看著身旁的理昂。

理昂冷眼回視，低聲輕語，「有事？」

「沒。」布拉德不以為然地抓起面前的酒杯，輕啜了口。「我以為物以類聚。」

理昂不理會布拉德，靜默地望著長桌彼端，主位上的麗夫人。

即使同類，未必就是同伴。他突然慶幸自己有閱讀的習慣。

他熟讀過夏格維斯家族史，赫爾曼是祖父的名字，同時也是審判處決麗夫人的關鍵人物。會由赫爾曼執行這項任務絕不會是偶然，赫爾曼應該早就與克斯特家交惡……

他可不希望麗夫人從他臉上看出夏格維斯家的影子。

入座後，端著餐點的侍女一一出現，將盛著食物的餐盤擱在長桌中央後，靜靜地退到一側等候差遣。

「好久沒有客人來訪，這張餐桌很久沒這麼熱鬧了。」麗夫人臉上掛著淺笑，尊貴、儀態萬千，並且有著出人意料的真誠。

「非常感謝您的款待。」寒川一邊恭維，一邊不著痕跡地打探，「在這艱困的時代，能憑一己之力守護城堡，管理統率如此龐大的軍隊，實在令人敬佩。」

「您誇大了。」麗夫人淡笑，「並沒有什麼軍隊。」

「是您太謙虛。方才已拜見克斯特家護衛的能耐，光是屋裡守衛就有這般身手，何況是正規的士兵？」寒川不動聲色地打探著克斯特家的武力，估算著當正面衝突時，對手的最大數量會是多少，全身而退的機率有多少。

「剛才的那些衛兵現在就在諸位眼前。」麗夫人坦然而平淡地說著，同時回頭看了眼長桌旁排成一列、恭敬站立的侍女。「其餘的在廚房，或者堡裡的其他地方進行自己的工作。至於斯坦，他是安泰俄斯族的巨人，但他從很早之前就住在後山裡，我只是偶爾請他過來，幫忙處理些費力的雜務。」

「衛兵都是女性？」寒川訝異。

「自古以來，女人一直是處於弱勢遭迫害的一方，怯懦了幾千年，總該學著振作，捍衛自己的生命和尊嚴了。」

「所以她們都是克斯特家的族人？」

「不。她們是人類，和你們一樣無辜無助的可憐人，投奔至此尋求庇護。」麗夫人勾起嘴角。

「但是，剛才……」剛才那些守衛的穿著簡直就是闇血族士兵的日行打扮，全面防曬，阻絕日光。

「她們身體不好，強烈的陽光會讓她們不舒服，但不會有所損傷，更不會致命。」麗夫人輕笑，「況且，打扮成那樣，有威嚇的效果。」

「您真是……有遠見。」寒川一時語塞，不知道要接什麼話。

他感到極為不安。一方面是現實狀況超乎他的想像太多，他沒料到這麼大的城堡並沒有軍備，只憑數十名女性人類守護；更令他不安的是，麗夫人竟如此直截地向他透露這些情報。

難道是騙他的？但，這如果是謊言，未免太過拙劣……

「還有什麼問題嗎？」麗夫人十指交叉，撐著下巴，一臉玩味地看著寒川，「省去拐彎抹角的試探，如何？」

寒川輕笑。看來，他的伎倆早被看穿，也好，裝模作樣也裝夠了。

當寒川正要開口時，麗夫人先提出警告，「——但是，我也會回以相同等級的問題。我想，有些事，我們都希望它還是靜靜地在檯面下沉睡。對吧？」

她有不想讓寒川知道的事，她相信寒川也有不想透露的祕密。

有些事揭穿了，對大家都沒有好處。

福星嚥了口口水。這樣的氣氛太過嚴肅，讓他雖然肚子餓得要死，面對滿桌珍饈也不敢伸手拿取。相較之下，坐他對面的洛柯羅，自得其樂得有些過分。

洛柯羅這傢伙雖然一臉正經地看著主位，儼然也認真地聽著麗夫人和寒川的對話，但是他的手卻非常自動地、像是有自己的意識一般，把侍女端上的整盤布丁和蛋糕塔拉到自己面前，然後把前菜的蔬菜冷盤推去原本的空位。

洛柯羅一邊聽著兩人對話，一邊頻頻點頭，看起來非常投入，但其實每當他點一次頭，就偷偷塞一口食物到嘴裡。福星差點噴笑，他趕緊用輕咳聲掩飾。

「我明白。」寒川正色以答，原先堆在臉上的客套笑容消失，語氣中的諂媚也不見，剩下就事論事的果斷與乾脆。「這些少女是自願加入的？」

「是的。」

「從哪裡來的？」

「各地都有。有的是來自饑荒的村落，有的是戰火波及之處的倖存者，但大多數是被荒謬正義所迫害的犧牲者。我收留了她們，她們為我效忠。」

「妳收留我們，目的是什麼？」寒川刻意忽略「荒謬正義」這個詞彙，他很好奇，但他知道這是麗夫人設下的誘餌。

如果他問了，她答了，那麼，他可能必須面對的是，揭開真實身分的窘境。

「和她們一樣。」麗夫人漾起笑，「不管你原先主子是誰，我希望你們效忠於我。」

「為什麼需要我們？」

「我有想做的事。憑我現有的能力，無法完成……」始終充滿自信、有如女帝的眼眸，出現了些許無奈與悲傷。

福星察覺洛柯羅的眼底也出現了無奈與悲傷。而同時他也發現，洛柯羅的嘴邊出現了一圈奶油沫和巧克力渣，唯一消失不見的，是桌上兩大盤的點心。

這傢伙……為什麼在這種情況下，食量還能這麼好？

寒川看著麗夫人，沉默了片刻，開口，「謝謝妳的好意。但我們真的不能久留，時間一到，我們就必須離開。但我保證，我們絕對沒有任何意圖，我們只是單純的過客，停留在克斯特堡的期間，我們也會盡己所能地為這裡效力。」

麗夫人苦笑，看起來有些惋惜，「謝謝。」

福星坐在位置上靜靜地聽著。他發現，身旁的以薩一直用複雜的眼光盯著麗夫人。像是憧憬，卻又夾雜了懊悔。

麗夫人是這麼傑出的女人，最後卻走上邪路。身為後代的以薩，對她的能力感到崇敬，也對她的殘酷感到惱恨吧。

可是……心底悄悄響起一陣小小的聲音，一個念頭偷偷鑽入腦中。

可是，會不會，那些殘酷的往事其實是捏造出來的？

「咳……咳嘔——」

站在一旁的侍女突然開始重咳，打斷福星的思緒。接著，她猛地跪下，用力地咳，咳嗽的聲音空洞沙啞，彷彿往破掉的皮囊裡吹氣一般。

瑟芬起身，和其他侍女立刻將她攙起。

「她需要治療。」麗夫人淡淡地說著，憐憫地看著少女。「瑟芬，交給你了。」

瑟芬猶豫了一秒，接著點頭。他將少女橫抱而起，緩緩退離餐廳。

「不、咳、咳……我不想要……您千萬別……咳咳……」侍女一邊咳一邊開口，斷續的詞語無法連成話。

「她……」

「我說過，她們的身體很不好。」麗夫人苦笑，拿起桌上的酒杯，將裡頭的葡萄酒一飲而盡。深紅色的酒，看起來像血。

「抱歉，我有點累。」麗夫人長吁了一口氣，看起來有點煩躁。「恕我先告退。有任何需要，吩咐身邊的侍女即可，祝你們有個愉快的夜晚。」語畢，有如鳳蝶，翩然而優雅地起身離去。

麗夫人離開後，眾人全都鬆了口氣。方才寒川與麗夫人對話時，眾人全都屏氣凝神地聆聽，保持戒備。

「看起來沒事了。」寒川看了眾人一眼，「先吃飯吧。」

麗夫人的眼線就站身後，他們還是保持沉默為妙。

丹絹皺著眉，壓低了聲音，「這菜會不會有問題?要不要先化驗?」

「她如果要暗算我們機會多的是，沒必要搞這招。」翡翠一邊啜著醇美的葡萄酒，一邊將面前餐點裡的肉挑出。

「況且，洛柯羅已經率先為我們以身試毒了。」紅葉竊笑。

洛柯羅一頭霧水，不知何時露出破綻。紅葉指了指他的嘴邊，那裡還掛著一整團的蛋糕屑。

「感覺怎樣?有沒有哪裡不對勁?」丹絹熱切地盯著洛柯羅，探問，「你現在感覺如何?」

洛柯羅沉思片刻，摸了摸肚子，「其實，我還有點餓……」

丹絹沒好氣地翻了翻白眼，宣告放棄。

餓了許久的眾人開始進食。餐點十分美味，福星狼吞虎嚥地把食物塞入嘴中，彷彿這是最後的晚餐。相較之下，福星身旁的以薩顯得相當靜默，他並沒有動面前的餐點，而是低頭沉思。

「你還好嗎？」福星關心地看著以薩。

以薩對福星撐起個微笑，那種會讓人擔心的微笑。

「不吃嗎？」

以薩搖了搖頭。他望向站在對側的侍女，沉默了片刻，忽地起身。

「以薩？」

以薩不顧眾人的錯愕，逕自走向侍女。

侍女們的年齡不一、長相不一、髮色不一，唯一相同的是沉靜的表情，彷彿人偶一般靜默凝然，難以窺知心緒。

以薩掃視了所有人一眼，接著將焦點集中在看起來最年長的一位上。

「妳來自哪裡？」他率然發問。

「阿爾薩斯。」女侍並未對這種舉動感到唐突，微低著頭，垂著眼簾，謙和地回答。

以薩挑眉，「妳從法蘭西逃來這兒？」

「不是。」侍女停頓了片刻，「我被人誣陷下獄，在被送往羅馬聽候裁決的路途上被遠遊中的夫人所救。」

以薩點點頭，「妳覺得麗夫人怎樣？」他壓低聲音，「她是否會用殘忍的手段對待妳們？比方說殺了妳們的同伴，取得鮮血？」

一直沉靜如止水的臉，終於出現明顯的表情——那是憤怒，被冒犯的憤怒。

「麗夫人是我們的救命恩人。沒有她我們早慘死於溝壑，就算活著也連狗都不如。」

「但她是闇血族，妳們是人類。」以薩繼續開口，「在她眼裡，妳們是食物。」

「以薩？」福星有點錯愕。他第一次看見溫文有禮又內斂的以薩，說話這麼直截，直截到無禮、傷人。

「如果我們的存在能對麗夫人有一點益處，即使是被當成食物也無妨。」侍女瞪著以薩，堅決開口，「但她並不願那麼做。」悲傷自眼底深處油然而生。

以薩看著侍女不語，只是靜靜地看著對方，盯著對方的眼。

看起來只是個微小的動作，一般人看不出來有何異樣，但理昂、寒川和弗蘭姆都明白，以薩是在干擾侍女腦海中的暗示，闇血族的暗示。如果侍女的這番言論是出於麗夫人所操控，具有麗夫人血緣的以薩便能解除暗示，讓侍女清醒。

時間一分一秒過去，侍女毫無反應。

「還有任何問題嗎?閣下。」侍女被看得不耐煩，出聲詢問。

以薩微愕。這顯示侍女的所言所行，皆出於自由意識，並未被人操控。

「以薩，收斂點。」寒川冷冷下令，「別節外生枝。」

以薩回頭看了看伙伴們，又轉頭看那一臉堅定無悔的侍女，深吸口氣，長嘆一聲。他沒有坐回椅中，而是轉身離去。

其餘的人繼續吃飯，只是沒人再開口說話。

飯後，眾人回到各自的寢室。

「她和傳聞中不一樣。」房門才關上，福星開口就迸出這句。

理昂走向書桌，拉開椅子坐下，翻著桌面上的書。「或許吧。」

「她看起來很明理。」福星坐在床邊，靠著軟軟的枕頭，感覺一陣舒適。「而且，看起來很溫柔。」

「別以貌取人。」

「我知道。」福星閉口不語，靜靜思考著從見到麗夫人後就一直盤旋在腦中的困惑。

「理昂。」

「嗯？」

「如果，嗯，我只是假設。」福星支吾了一陣，「會不會有一點點的可能性，其實麗．克斯特是被冤枉的？說不定她是個好人，和史書記載全然不同的人。」

「或許。」理昂百無聊賴地翻著桌面上的聖經，「但不可能全部的史書都記錯。特殊生命體的歷史，包括闇血族的審判文件，都確實記錄著麗夫人的罪行。闇血族的審判團在這座城堡裡，發現了慘死的女性，和無數早已死去的屍體。」

福星沉默了片刻，開口，「可是，如果是有人刻意栽贓陷害，讓審判團看到那樣的場景，任何無辜的人都難以為自己辯白吧。就像是今天我們貿然出現在城堡裡，在那樣的情況下，任誰都會以為我們是入侵者。」

「闇血族歷史記載，麗夫人是闇夜魔女，說她有蠱惑人心的能力。」理昂幽幽低語，「現在你親自證實了這一點。」

「我才沒有被她迷惑咧！」嗯，雖然他確實被麗夫人的美給震撼到，但是這並沒有影響到他的判斷力。「說不定是麗夫人的敵人煽動審判團，讓她被處刑。」

「或許吧。」

福星沉默了一會兒，「理昂。」

「嗯？」

「闇血族審判團，是由誰來擔任呀？」

「通常是具有威望聲勢的領導者。」理昂停頓了片刻，「為什麼這麼問？」

「我在想，說不定麗夫人的敵人並沒有煽動審判團。」福星停頓了一下，「而是，她的敵人就是審判團裡的人。」

就像他小學時，經常被老師找麻煩，他一直以為是惹人厭的班長向老師打小報告，害他被誤會，可到最後他才發現，原來是老師自己討厭他。

理昂的心臟重重震了一記，但這樣的震撼並未顯現在臉上。

「審判團都是闇血族裡的精英，絕不會為了私人恩怨做出不公正的審判。」

「原來如此。」福星點了點頭，繼續陷入沉思。

這樣的話，那應該是敵人煽動審判團吧。可是，這麼和善、溫柔的人，為什麼會有人想出這麼殘忍的方式陷害她呢？

理昂忽然起身。「我去圖書室。」語畢，逕自離開房間。

他不想繼續這個話題。他不想面對，也不敢面對。他害怕福星會問更多他難以回答的話。

審判團的領導者不是赫爾曼，赫爾曼只是審判團成員的其中之一。

但是，讀過夏格維斯家族史的他知道，赫爾曼是第一個對麗・克斯特提出控訴，並且第一個率領軍隊到達克斯特堡揭開麗夫人犯案罪行的「英雄」。

他不想欺騙福星，他不希望自己淪落到必須編織謊言來維持友誼。

但他更不想失去福星。

理昂離開後，福星繼續躺在床上看著窗外的景色。天空布滿了星星，和三百多年後的星空一樣。

同樣的天空，觀看著地上的世世代代，朝盛朝衰，國興國滅。

為什麼人類好像總是沒有長進呢？千百年前的人爭戰，千百年後的人爭戰，不只同類相殘，甚至連特殊生命體也被牽連。

他想起淨世法庭。這個年代，白三角應該已經存在了吧，他們任由自己的同類互相殺戮，自己卻以殺戮無辜的「異類」來捍衛所謂的和平與正義。

真是夠了。

忽地，他的目光被窗景一角的畫面吸引注意。高聳的高樓上方，有個淺色的人影。

福星起身仔細觀察，發現那個人影是寒川。

在做什麼呀？福星觀察著寒川一會兒，接著轉身，拿起外衣披上，步出房門。

入夜後，氣溫比白日更冷，寒風有如氣態的冰，颳拂吹襲著地面萬物。

寒川坐在城堡凸起的高樓上，望著遠方。東方，日出的方向，故土的方向。

這個年代的他五百多歲，是族裡舉足輕重的人物，在鞍馬山上訓練前來修行的晚輩。

但是一個月後，他將會代表家族前往歐洲大陸的山巔，與那失控的神獸大戰然後中了可笑的詛咒，讓族人蒙羞。他所行之處，總有人在背後指指點點，拿他的故事告誡孩童，驕傲會毀滅自己。

他何時驕傲了！況且，他為何不能以自己的能力為傲？重點是，為何忽略了他對戰役的貢獻，忽略了他對戰役的犧牲，而著眼於他的失敗？

「嘿呦！喝啊——」怪異的呻吟聲從屋頂下方傳來。

寒川蹙眉，戒備地看著屋頂邊緣。

一隻手掌伴隨著呻吟出現。寒川起身，手中張起攻擊咒，小心翼翼地走向邊緣。

映入眼中的不是什麼妖魔鬼怪，而是像壁虎一樣死命攀在外牆上、因使力而齜牙咧嘴的福星。

「你又在搞什麼！」

「寒、寒川。好巧喔，你也來屋頂上喔！」福星企圖撐起巧遇的驚喜笑容，但半個身子懸在窄小的屋簷邊，讓他的臉色如槁木死灰。「啊啊我要掉下去了！快拉我一把！」

寒川本想開罵，但看著慌亂的福星，便感到一陣無力。他低咒了聲，伸出手，將福星拉起。

「謝謝喔。」福星嘿嘿傻笑。

「你跑來這裡幹什麼？」寒川雙手環胸，沒耐性地開口。

「我想看風景。」福星拍了拍背包，「順便吃宵夜。」

寒川哼了聲，坐回原位。

福星坐到寒川身邊，拆開一包奶油口味的夾心酥，遞給寒川。寒川瞥了福星一眼，伸手抽出一條乳白色的餅乾，放入嘴中。福星微笑，自己也拿起一條。兩個人靜靜地吃著餅乾，一時間，屋頂上除了蕭蕭風聲，還有嚼餅乾發出的喀滋喀滋聲。

「不好意思。我又搞砸了。」

「習慣了。」寒川咬了口餅乾。「況且，也未必都是你的問題。」

福星訝異地看著寒川。

「你來到這裡之後好像心神不寧，怎麼了嗎？」

「沒什麼。」寒川答得雲淡風輕。

「是喔。」真的有什麼的人，都會說沒什麼。

福星將手伸入口袋，搜索了一陣。「嗯……這個給你。」他將手中的東西遞到寒川面前，是個黑貓造型的掛飾。「這個是靴下貓 KUTUSITANYANKO 的手機吊飾，我暑假才買的，還很新。呃，你可以送給你侄子，他一定會很高興。」

寒川挑眉，盯著福星一會兒，輕笑一聲，接下。「謝了。」

見寒川收下禮物，福星非常高興。

寒川也變了，雖然還是很彆扭，但已經比剛認識時坦率多了。

「那個，弗蘭姆說，華倫斯坦會兵敗，公爵會死，是真的嗎？」福星很好奇接下來會發生的歷史。麗夫人看起來很愛克斯特公爵，如果他死了，她應該會非常悲傷難過吧。他剛想了很多，或許此時的麗夫人十分和善，但在往後會不會有所改變？會不會是難以負荷的悲傷，導致她人格扭曲，而做出那些殘酷的事呢？

「你不是有修西洋中古史嗎？」

「嘿嘿，剛好及格而已啦。」

寒川翻了翻白眼，不予置評。

「那個，華倫斯坦不是擁有特殊生命體傭兵，怎麼會敗北？」

「特殊生命體只占少數，況且即使是特殊生命體，也不是絕對無敵。世上沒有必勝的戰爭。」寒川閉上嘴，停頓了很久，「但是，兵敗的主要原因是，大部分特殊生命體向阿爾卑斯山遷移，不只人類在發動戰爭，特殊生命體界也發生了巨大的動亂……」

「是和神獸有關的動亂嗎？」福星想起，寒川曾和他提過的那場戰爭。

寒川點點頭。「在此之前的千年時光裡，那頭神獸被封印在結界中，肉體長眠，只有在世界的磁場異常時偶爾醒來，例如日全蝕，讓意識體短時間離開結界。」雖然只能離開極短的時間，也足以造成嚴重災禍。「但是，這一年不知道為何，磁場發生了劇烈震盪，結界竟然鬆動。神獸掙開了束縛，在人間作亂，煽動戰爭。」

寒川長嘆了一聲，「在桑珌的召集下，各部族的精英聚集，協助桑珌完成巨大的魔法陣，將神獸封印在山裡。」

「這麼龐大的戰役，死傷應該很慘烈吧。」

「並非如此，其實並不多。因為神獸對特殊生命體……」寒川停頓了片刻，「牠不希望特殊生命體傷亡。」

福星點點頭。他知道，這些過去之前寒川曾和他提過。

他突然理解寒川出現在屋頂的原因。和神獸大戰的那一年，也就是寒川受了詛咒變成孩童樣貌的那一年。重返這麼不堪的時空，任誰都會心煩吧。

「如果神獸是站在我們這邊的，為什麼要阻止牠呢？」

之前他並沒有深思這個問題。他對過往的事沒什麼興趣，他只想和伙伴們在一起，只想安安分分地當個快樂的蝙蝠精。

直到修學旅行之後，他才對自身的定位開始困惑，開始動搖。

「因為神獸想翻轉既有秩序，建立以特殊生命體為主宰的世界，而大部分特殊生命體不認同，不願破壞原有秩序。」

特殊生命體雖然在某方面強於人類，但在某些方面是遠遠落後於人類的。不管是在文化上或是科技上，特殊生命體的生活都是根植於人類所奠定的基礎上，緩慢地拓展開發屬於自己的東西。

他們自知只適合依附寄生在人類文明之下，不適合領導整個文明的發展。

「但不可否認，必定也有人會喜歡對自己有利的局面，所以整個戰役的發展和歷史，隱而不宣。」

「嗯……這樣看來，」福星抓了抓頭，「這一年好像發生很多大事耶。又是宗教戰爭，又是封獸之役，又是麗夫人事件。未免太巧了吧。」

「這些事並沒有關聯性。麗夫人的事件在特殊生命體界雖然造成轟動，但並沒有太大的影響，闇血族內部就處理掉了。」

寒川又抽了塊餅乾，喀滋喀滋地啃了起來。「反而是這場戰役，難懂的地方太多了。這段期間，星象和環境氣候都沒有異常，為什麼磁場會劇烈震盪影響封印？還有，我到現在還是不懂，桑珌是怎麼弄出這麼大的時空裂縫來封印牠的。」

「嗯，真的很難懂。」福星拿出水壺，倒了杯水，潤潤乾澀的嘴巴。

寒川瞥了福星一眼，淺笑，在對方放下水杯時，擅自接過去啜飲杯中的水。

福星訝異地看著寒川。「上面有我的口水耶，你不擔心被我傳染什麼疾病嗎？」

「愚蠢不會傳染。」寒川輕笑，「況且，如果變得蠢一點，就能像你一樣整天無憂無慮，或許也不是壞事。」

「又講這種話。」福星悻悻然地低聲抱怨。

一時間，屋頂上又陷入沉默。

「寒川……」福星遲疑地開口，「你會想去嗎？」

「去哪裡？」寒川反問。

「去戰場，幫助過去的自己避開詛咒。」

「想。」寒川毫不掩飾。「但是不能。不能為了一己之私干擾歷史和命運。或許這樣的舉動能幫我改變命運，但也可能因此害其他無辜的人傷亡。」

福星看著寒川，此時成人模樣的寒川望著遠方的眼眸中，有著不容妥協的堅決，像是捍衛原則及真理的戰士。他覺得這樣的寒川超帥。他相信，就算是變回小孩子的模樣，這樣的氣勢和威儀也不會消失。

「放心！」福星雙手搭上了寒川的肩，很認真地宣告，「不管寒川長什麼樣子，都很可愛！我都喜歡！」

「別再說這種蠢話了！」

寒川怒斥，回復成以往的態度。原先的煩憂，彷彿隨著這聲斥喝，消散無蹤。

城堡主廳西側，麗夫人的閨房。屋頂上的破洞已用木板先補起。

瑟芬敲了敲門，抱著已昏厥的侍女進入房中。停留了片刻，逕自開門，裡頭空無一人。他熟悉地走向其中一道牆邊，往暗門的開關壓下。

隱藏在畫後的門扉開啟，潮溼腥黏的風傾瀉而出。暗室內是個寬敞的浴池，嵌在地面，以大理石鋪成。穿著薄紗的麗雙眸閉上，躺在池中，溼透的衣服包裹著極致美豔的軀體，勾勒出她的曲線。

房裡沒有窗，僅有一簇微弱的燭火，照亮整個黑暗。

聽見開門聲，浴池中有所動靜，響起細小的濺水聲。

瑟芬將侍女的衣服脫下，扶著她，將她放入池水之中。麗夫人緩緩移動到池邊，接下少女孱弱蒼白的身軀，將她引入池中。

下一刻，池水的顏色開始轉變，殷紅色像是藤蔓一般向四周張揚蔓延，渲染了整個池水。

少女的眼眸倏地睜開。

「不——」

翡翠坐在書桌前，看著隨身攜帶的帳簿，敲著計算機，噠噠噠地算著帳。這是他打發時間的方式，每當算出來的獲利金額超出原本預估，他的心情就更愉快了些。

涼風從房門底側的縫隙吹入，敏感的風精靈，察覺到隱藏在風中的異樣。

翡翠放下手邊的工作，「喂。」

「幹嘛？」

聽見丹絹的聲音有異，翡翠回頭，只見丹絹站在櫥櫃附著的鏡子前，拿著細線仔細地刮著牙縫。

「你終於壞掉了嗎？」

「少囉嗦。這個時代沒有牙刷和牙膏，我只好用這種原始的方式清潔我的口腔。」丹絹認真地盯著自己的嘴，然後伸出舌頭，用細線輕刮舌面，掃去卡在舌苔間的餘垢。

翡翠一陣暈眩，他突然很佩服自己，竟然能和這種傢伙同寢兩年。

「你剛要和我說什麼？」丹絹咧嘴，滿意地看著自己的牙齒。

「你有感覺到嗎？」翡翠張開手，撫摸著看不見的風，「不太對勁。」

「什麼？」丹絹瞪大了眼，「你肚子不舒服嗎?!果然！那晚餐有問題！我就說要先化驗的——」

「拜託你閉嘴。」翡翠將門推開，讓涼如水的夜風流瀉而入。他輕輕地閉上眼，感受風的吹拂與包圍。

「風裡，有血的味道。」

牆的另一側，紅葉和妙春的房間。

屋裡已熄燈，兩人沐浴完之後就上床就寢。原本睡在另一側的妙春，忽然向紅葉靠近，縮在對方身旁。

紅葉閉著眼，輕聲詢問，「怎麼了？」

「嘆息聲變大了。」

原本斷續的呢喃聲，變成此起彼落的長嘆，像是為無能為力的悲劇哀悼。

紅葉側耳傾聽，但什麼都沒聽見。

「不用擔心，有我在……」

「我沒有。」小小的臉蛋出現不服輸的堅強，「只是覺得有點吵而已。」語畢，將臉埋入枕頭底下，將外界的喧囂，只有她聽得見的喧囂，阻隔在枕頭外。

牆的另一側，布拉德及洛柯羅的房間。

屋裡已熄燈。布拉德躺在床上，拋開疲憊，養精蓄銳。

自告奮勇要睡沙發的洛柯羅，在熄燈之後沒多久，就開始不安分。

洛柯羅爬上床，布拉德原本以為對方只是想換到床上睡，便向裡側移動了些。

但是，他感覺到身後的人戳了戳他的背，壓低聲音輕語。

「布拉德，我有點餓。」

布拉德皺眉，「自己去找東西吃……」

「陪我去。」

「不要。」

「喔……」洛柯羅悻悻地退下，回到沙發上。

安靜了大約十分鐘，床鋪又開始搖動，不速之客再度爬上床。

「布拉德，我餓了。」

布拉德厲聲拒絕，「自己去找東西吃！」

「陪我去。」

「不要！」

「喔……」

擾人清夢的礙事者退下，但不到十分鐘，再度捲土重來。

「布拉德，我超餓的！」他真的受不了啦！

布拉德勃然大怒轉身坐起，「他媽的你是不會自己去找東西吃嗎！」

「陪我去嘛。」洛柯羅諂笑。

布拉德挑眉，「你是在害怕嗎？」

洛柯羅點點頭。

布拉德輕嘆，心中產生些許憐憫。逆返時空來到這種人生地不熟的環境，周遭有未知的敵人潛伏，也難怪洛柯羅會害怕。

洛柯羅繼續開口，「我怕我兩隻手不夠拿……」

布拉德差點氣結，「你──」

「拜託啦……」

布拉德看著洛柯羅，終於確認對方不達目的絕不善罷甘休。

「你給我記著。」他起身，跳下床開始穿鞋。

「謝謝耶！」

洛柯羅開心地下床，跟在布拉德身後，兩人悄聲步出房間。

「布拉德你人真好。」洛柯羅邊走邊笑。

「哼！」布拉德沒好氣地冷哼。

「為了報答你，我下次和珠月要一件她的內衣送你吧。」

布拉德差點一腳踩空滾落階梯。「你在胡說八道什麼鬼東西！」

「不喜歡內衣嗎？」洛柯羅偏頭，「那換成內褲好了。」

「閉嘴！誰教你這些下流的東西的！」布拉德壓低了聲音質問。

「翡翠和丹絹說的。他們上次在討論你會願意花多少錢買。」洛柯羅毫不遲疑地回答，絲毫不知自己在無心之中捅了同伴一刀。

布拉德咬牙。很好，他會記得算這筆帳的！

兩人鬼鬼祟祟地前往廚房。一路上，半個人都沒有，走道上間或亮著幾盞油燈，屋裡晃蕩著銘黃色的光波。

搬了堆麵包、果醬和小圓餅後，兩人悄悄地折返回客房。在踏上樓梯時，獸族敏銳的聽覺捕捉到了些細小的聲音。先是東西倒下的聲響，接著是一陣擠壓木頭發出的嘎吱聲。

「怎麼了？」

布拉德朝著樓梯旁的走道望去，空蕩蕩的，沒有任何人。停留了片刻，聲響停止，也無人出現。

「沒什麼。走吧。」

兩人繼續上樓，返回自己的房間之中。

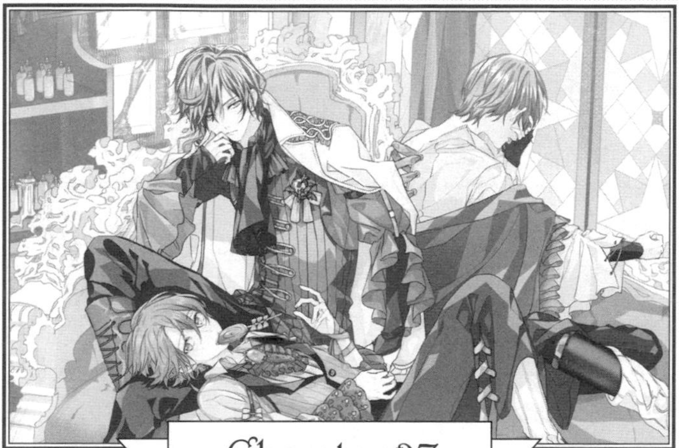

Chapter07

女僕即使死了還是女僕，
變成幽靈也還是女僕

SHALOM ACADEMY

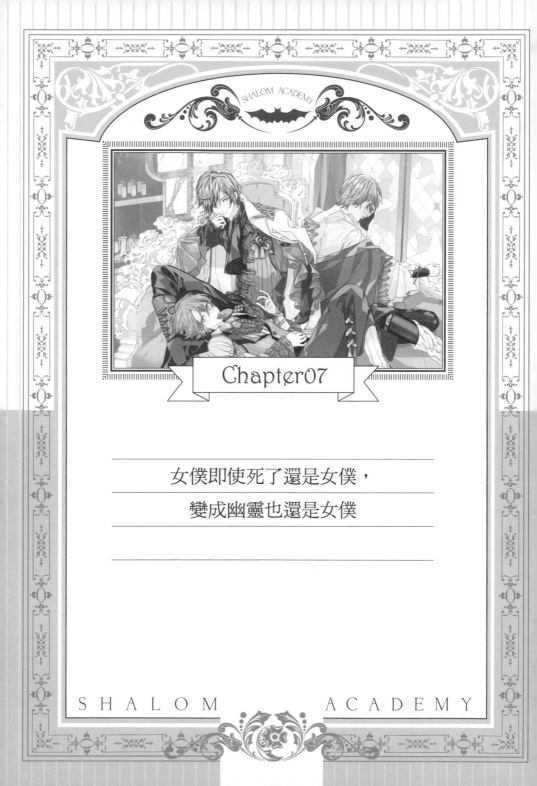

次日。早晨時下了場小雨，天空是骯髒的泥灰色，彷彿厚重的抹布擋在太陽前，讓穿透出的日光帶著濛濛的髒灰。

令人不悅的天氣，預告著令人不悅的事發生。

一如往常早起的福星，起身後發現總是傍晚時才醒來的理昂，此時正站在門邊。

「怎麼了？」

「有騷動。」理昂靜靜地聽著外頭的動靜。「大約從十分鐘前，外頭開始不平靜。」

「是我們的人嗎？」

「應該不是。」

騷亂的喧譁聲移到了樓下。

理昂打開門，發現其他的伙伴也打開門，探聽著外頭的躁動。

「樓下似乎是侍女的房間。」珠月回想著。「侍僕都住在這一層的樣子。」

「下去看看吧。」弗蘭姆建議。

福星發現寒川從弗蘭姆身後的房間走出，瞪大了眼，接著露出三姑六婆般的賊笑，「唷，你們兩個睡同一間喔？」

「我們需要商討很多事。」寒川瞪了福星一眼，「請你不要有無謂又可笑的想像。」

「是啊。」弗蘭姆冷冷開口，邁步下樓，「這樣的揣測與妄想，對我而言已構成羞辱。」

「哼！彼此彼此！」寒川冷哼。

「寒川其實不錯啦。」福星走在弗蘭姆後面，笑著打圓場，「他很好呀。而且又很可愛，我覺得很棒！」

弗蘭姆瞥了福星一眼，輕笑。「既然你這麼喜歡，自己留著吧。」

福星還來不及想出反駁的話，就聽見珠月在身後發出奇異的怪笑。待他回頭，只見珠月和小花湊在一起，不知道在嘀咕些什麼。

他還是不要知道比較好。

一行人緩緩下樓，走到樓梯邊時停下腳步。只見走道中某間房的房門大開，數名侍女站在門邊向內觀望，慘白的臉上一致掛著濃濃的哀傷。

眾人走向房門，侍女們並沒有阻攔，只是以複雜的眼神望著他們。

向屋內望去，只見麗夫人跪在房裡，懷中摟著一個人。那是昨夜在用餐時咳嗽的侍女。侍女雪白的頸子上，有一圈深紫色的瘀痕，梁柱上方則垂著一條繩圈。

「安娜，她結束了自己的生命。」瑟芬走向門邊，對著寒川一行人開口，「她不想讓自己殘破的身軀給夫人添麻煩。」

「你怎麼知道？」以薩質問。

瑟芬拿起一紙信，「她的遺書上寫的。」

雪白的信紙上只有簡短的兩行字——

請讓我為您獻上最後一分心力，

讓我歸還一直由您施捨的生命。

看著痛哭的麗，福星心裡非常不忍。如果這樣的哀慟也是裝出來的，那他寧可被騙。

福星眼尖地發現，麗夫人的手腕纏著繃帶。「夫人她受傷了？」

「昨晚休息時撞傷的。」瑟芬微微欠身，恭敬開口，「打擾各位的好眠真的非常抱歉，各位可以回房休息，早膳等會兒會送到房間裡。」

「這種情況哪吃得下啊……」布拉德沒好氣地低喃，但轉過頭，就看見洛柯羅正嗑著昨晚偷來的全麥麵包。

「她死了？」洛柯羅盯著躺在地上的侍女。「有人殺了她？」

「應該不是。」布拉德想起昨晚聽見的聲音，突然想通那是上吊者踢倒矮凳，以及繩索勒緊、磨擦梁柱所發出的聲響。「確實是自殺。」

「是喔。」洛柯羅點點頭，繼續咬著麵包。

翡翠皺眉，「你怎麼還吃得下去……」雖說特殊生命體不會像人類一樣，容易被周遭人事物影響心情。可昨日才見了面的人，如今死在面前，或多或少心裡都會不太愉快。洛柯羅在死者和她的同伴面前，大剌剌地拿著麵包啃，實在很不妥當。

「收斂點。」布拉德拍了下洛柯羅的後腦勺，輕斥。

「喔。」洛柯羅愣愣地應了聲，收起麵包。

躺在那裡的只是具空殼，他不了解為什麼需要顧忌。

他不太懂自己為什麼被罵。他對死亡不陌生，也知道亡者在死了之後會去哪裡。

但是，艾芙說過，不能講。艾芙說，時間還沒到。

洛柯羅不以為意地輕嘆了聲。算了，況且……

在離開前，他轉頭再往屋內看了一眼，「可是她看起來很幸福。」如果死亡帶給她快樂，為什麼要替她悲傷呢？

以死訊做為一天的開頭，不是件令人愉快的事。

「才過來第二天就有人死去。」丹絹等人把早餐端到寒川的房裡，邊吃邊討論著早上發生的事，「你看到她們的反應了嗎？那些侍女，還有瑟芬，態度平淡得似乎早就習慣他人的死亡。」

「麗夫人哭得很傷心。」珠月回想麗夫人的表情，「那侍女應和她感情不錯吧……」

「或許是想要贏得我們的信任故意裝的。」布拉德隨口說出推測。

「有必要嗎？我們自己才是需要被信任的那一方吧。」翡翠反駁。

福星不語，但是他心裡是贊同珠月的。看著麗，他心中很不捨。

「我覺得有調查的必要。」逆返時空後，態度就變得積極的以薩主動提議。「如果這些侍女真的被麗夫人逼迫威脅，那麼我們——」

「不管發生了什麼事，我們都不能插手。」寒川厲聲提醒，「靜靜地看。觀察所有細節，所有可能影響未來的肇端。」

以薩皺眉，非常不滿。「難道我們只能眼睜睜地看著無辜的生命死去嗎？」

弗蘭姆起身，站到以薩面前。「你的任何一個行為，可能在未來讓更多無辜的生命消逝。」她舉起手，掌心燃起青藍色火燄。「如果口頭的提醒你無法理解的話，那麼或許我該用更直接的方式阻止你犯錯。」

以薩盯著弗蘭姆，咬牙，「我盡量。」語畢，甩頭轉身回到獨自的單人房裡。

其餘的人面面相覷，有種難以言喻的尷尬感。

「有必要把氣氛搞得這麼糟嗎？」紅葉懶懶地打個呵欠，既蠻橫又優雅地打破了尷尬。「每個人有各自的困擾、其他人分擔不了的憂慮，沒必要勉強自己感同身受，搞得烏煙瘴氣吧。」

「可是——」福星猶豫。他覺得朋友在憂傷時，自己反而開開心心的，這樣好像很不恰當……

「福、星。」紅葉細嫩的雙手捧住福星的臉揉呀揉的，打斷他的話語。「你煩悶的時候，會希望朋友被你影響，而跟著憂鬱嗎？」

福星立即搖頭，「當然不！」

紅葉笑了笑，「以薩也是呀。」她捏了捏福星的臉。「振作點，開心點。」

福星悶悶地應了聲。「嗯……」

紅葉挑眉，勾起嘴角媚笑，手緩緩下滑，搭上了福星的肩。「還是說，我要用胸部揉你的臉才能讓你振奮呀？」她輕笑，「到時候振奮的可能不只精神了呀。」

「不不不不——」福星漲紅了臉，趕緊向後一跳，以免紅葉真的付諸行動。

紅葉笑著牽起妙春的手。「妙春，我們去園子裡面晃晃。留在這死氣沉沉的屋子裡，感覺我各方面的肌肉都要鬆弛了。」

「妳又在胡說八道什麼鬼東西！」丹絹訓斥，「沒一刻正經！」

「是是是，你說的對。」紅葉沒好氣地翻了翻白眼，轉身在丹絹耳邊輕語，「我倒是想看看你不正經的樣子。」

丹絹的臉瞬間漲紅，低咒著別人聽不清的含糊斥罵。

「一起去吧，反正也沒事幹。」走到門邊時，紅葉對著屋裡的人開口，「今天天氣不錯，帶點東西去外面野餐，或者單純地曬曬太陽吹吹風也不賴。」她看了理昂一眼，「外頭雲層有點厚，天色很陰，日光不烈。」

「既然天色陰，妳還說天氣不錯。」像是抓到把柄一般，丹絹得意地哼哼輕笑。

「對我來說，晴天雨天都是好天氣。」紅葉環胸，沒好氣地看著丹絹。「如果你想窩在房裡，把玩你那袖珍精緻的器官的話，我是不會勉強啦。」

「誰會幹這種事！閉上妳那低級的嘴！」丹絹瞪了紅葉一眼，「我回房拿個東西，等會兒就到！省得妳亂造謠！」

翡翠和布拉德狂笑，一搭一唱地補槍。

「所以，你決定走出屋子，在戶外把玩那袖珍精緻的器官？」

「真是硬漢！」

「閉嘴！」丹絹怒斥，甩門離去。

「我想回房休息。」理昂低聲回絕了紅葉的邀請，逕自離開。

福星看著理昂，本來想挽留，但最後選擇沉默。

理昂總是把所有情緒、所有心事藏在心裡。逆返時空後，理昂和以薩的態度都變得怪怪的，但是內斂孤傲的理昂隱藏得很好，讓一般人難以察覺。

不過他不是一般人，他是和理昂同寢兩年的室友，雖然遲鈍，可不至於麻木不仁。

還是晚點再問吧……

雲層厚重，遮蔽烈日，阻擋了暖意，也阻擋了光。日光勉強地穿透雲層而出，灑落地面的光芒帶著濛濛的灰白，但至少沒下雨。

克斯特堡的後山有一片花園，入秋後花朵已凋謝，只剩下修剪整齊的矮樹叢。花園後方是樹林，植滿了柏樹，將山頭披上一層深青。

洛柯羅在出門前又去廚房搜括了一番，還挖出一個籃子裝滿食物。一到了後山，就選了雲層比較稀疏、日光照射之處坐下，開心地吃了起來。

丹絹找了棵樹，輕鬆地彈出蛛絲，飛躍至樹梢，背倚著樹遠望。

翡翠躺在向陽的小丘上，感受著帶寒意的秋風吹拂。他品味著風原本該有的氣味，無摻雜任何汙染物的風之息。

很靜，久違的寧靜。工業革命之後，整個世界都在嘈雜，即使在深山中、曠野裡，都能感受到遠方都會聚集處的機械、電子產品、以及人們喧囂的聲音。

只有在這個時代，才能感受到純粹的寧靜，享受這沒有人造物干擾的靜謐之晝。

紅葉翻了翻洛柯羅帶來的提籃，不滿地皺起眉。「怎麼沒有酒？」她相信克斯特堡裡應該藏了不少上好的佳釀。

「為什麼要拿那麼難喝的東西？」洛柯羅反問。

紅葉嘆了聲，「算了。」

「說到酒……」坐在不遠處，和小花肩並肩向遠方眺望的珠月，悠悠開口，「理昂同學喝醉時的樣子真的是——」她停頓了一下，「極品。」

「嗯，極品。」小花應和。

「他的身體很棒。」

「是的，非常。」

兩人看著遠方，有一搭沒一搭地閒話著。光看背影的話，儼然就是清純少女們天真談笑。

「這個城堡雖好，但是唯一的缺點就是陰盛陽衰。」小花忽地開口抱怨，「除了巨人和那個陰陽怪氣的瑟芬之外，全都是女的，難怪她們臉這麼臭。想必是生活缺乏滋潤，生活太過苦悶。」

「瑟芬長得很好看呀。」珠月微笑著，「斯斯文文的，還戴著單邊眼鏡，內斂的態度感覺是腹黑——呃嗯，感覺很有書卷氣。」

「妳喜歡這種型？」

「不討厭。」她範圍很廣。只要好看，不管是兄貴還是書生，她都喜歡。

坐在小丘另一側的布拉德，皺起眉。

書卷氣……布拉德看了看自己厚實有力的手掌及精碩的手臂。感覺，情勢很不利。

肩頭忽然被拍了兩下，布拉德回頭，只見不知道何時走到他身後的丹絹，臉上露出賊笑，默默地遞上一本書。

「拿去，裝裝樣子也好。」

「別拿反了。」翡翠在一旁幫腔，拿出一柄放大鏡。「這個湊合著用。你可以用強健的臉部肌肉把握柄夾住，偽裝成單邊眼鏡。」

布拉德怒吼，將書砸向翡翠和丹絹。兩人俐落閃開，大笑著跑離，讓憤怒的獸人在後方追逐。

「好青春啊。」

「是啊。」珠月微笑地看著奔跑的三人，下一秒像是想到什麼似的，嘴角的笑容扭曲，變成詭異的竊笑。

布拉德應該永遠都不會想知道，他心愛的女人在幻想中對他做了什麼事。

福星躺在草地上。這個季節躺在草皮上吹風，其實有點冷，但他覺得待在這兒，緊繃的心情得到了舒緩。福星很感謝紅葉。逆返時空到克斯特堡之後，每個人的情緒都很緊繃，彷彿背上壓了個無形的重擔，讓人莫名地憂煩。

紅葉就像一團火燄，在最黑暗陰溼的地方，都能炫起耀目的光彩。

眾人吃飽喝足、小睡片刻醒來已近中午，穿透雲層的日光比早晨時明朗了些。福星帶著妙春在花園裡閒逛，雖然百花凋零，但赤色的聖誕紅為單調的庭院帶來些許色彩。

「昨天睡得好嗎？」福星牽著妙春，慢慢地踱著步。

一路上，妙春連續打了好幾個呵欠，小小的臉蛋上掛著惺忪睡眼。「不好……」

「突然換了新環境，可能不太習慣吧。」

「不對。因為很吵……」

「會嗎？」他還覺得太安靜了，安靜到讓他不安。

「福星聽不見的啦。」妙春打了個呵欠，臉上露出自豪。「可是我不怕。」

福星不懂妙春說的話是什麼意思。他突然想到妙春也是變異之子，不知道妙春擁有的是什麼能力？

「妙春，那個——」

妙春的腳步忽然停止。福星向林子裡頭看，只見林子深處，有個人影正站在其中辛勤地勞動著。他認出了那是瑟芬，對方看起來正在掘土。

「是瑟芬耶。」他感到詫異，因為此時的瑟芬沒穿戴任何遮陽的衣物，他可以很清楚地看見對方的臉。「他好像在忙。」

福星直覺地想要走過去給予協助，順便一探究竟。正要啟步，衣角從後方被拉住，回過頭，只見妙春一臉緊張地看著他。

「不要過去。」

「放心，沒什麼。」福星微笑，「只是去幫個忙，如果有問題的話我就回來。」

妙春看看林子，又看看福星，遲疑了片刻，鬆開手站在原地，看著福星一步一步走入林中。她咬著唇，盯著福星的背影，想逃，又不敢妄動。

她不能走，不能丟下福星。她必須堅強振作。

只是，好難……

「需要幫忙嗎？」

瑟芬回頭，只見福星傻笑著站在自己身後。他停頓了一下，淺笑，「謝了。」

「還有其他工具嗎？」

「沒有。但你可以幫我把大塊的石頭搬走，它們會妨礙我鏟土。」

「好！」福星捲起袖子，蹲在地面的坑洞旁。「挖這個洞是要埋什麼呀？」

瑟芬的目光移向一旁的樹下，那裡放了個巨大的麻布袋。「安娜。」

「咦？」福星驚叫，一屁股跌坐在地。

看著福星滑稽而誇張的動作，瑟芬忍不住輕笑，「總不能把她扔在屋子裡吧。」

福星愣了愣。說的也是……死者本來就該入土為安，沒什麼大不了的。

勉強自己鎮定，整頓好心情，福星蹲回原位，幫忙取出土坑裡的堅石。

「那個……」福星一邊搬著石頭一邊開口，「所以就把她一個人埋在這裡嗎？」

「不是一個人。」瑟芬淡淡回應，「這裡是墓園。來投奔夫人的人死了之後都葬在這裡。」

「很、很多嗎？」

瑟芬隨手一指，「地上有插木十字的，就是墓坑。」

福星張望，赫然發現林間的地面上稀稀落落插著木十字，雖然分散，但幾乎遍布整個林區，因為顏色和樹林相近，所以一時之間難以察覺。

福星的聲音裡充滿詫異，「這麼多？」

「怕了？」

「不是。」福星繼續手邊的動作，「我只是很訝異，麗夫人竟然幫助過這麼多人。」

瑟芬停止動作，看了福星一眼，心頭上的戒備稍微撤去了些。

福星見瑟芬沒穿戴任何護具就站在陽光下，好奇一問，「你是人類？」

瑟芬不答反問，「你是混生種？」

「嗯，蝙蝠和人類的。」

「混生種，不好受吧。」

「呃，是啊。」在進入夏洛姆之前，他的生活是枯燥苦悶的，但這和他是混生種無關，而是因為他是個不討喜的「人類」。「可是我很幸運，因為有一群很棒的伙伴。我一直很慶幸，自己能夠和他們相遇。」

「我也很慶幸，自己能遇見麗夫人。」瑟芬接著開口，一直平淡的臉上，漾起了由衷感恩的笑容。

「那麼，你的變異能力是什麼？」

「什麼？」

「變異之子都具有超越凡眾的能力。」瑟芬向林子外望去，看著那佇立在林外、僵硬地望著他們的妙春。「你知道那個女孩的能力是什麼嗎？」

「不知道耶。」

「她看起來很害怕。」瑟芬看著妙春，沉思了片刻，露出了然於心的表情。「我大概知道她的能力是什麼了……」

「是什麼呀？」

瑟芬不語，「你先說說你的能力吧。」

「呃，那個……」福星乾笑，「其實我不知道。」

「不知道？」

「是真的！我的狀況一直很不穩定，可能是我資質駑鈍吧。我施展咒語時，總是會出問題，造成很荒謬的大錯誤。」

「比方說這次的空間轉移？」

「啥？」福星停頓了一秒，赫然想起這是寒川編的說詞，「喔對！沒錯，我們會出現在這裡，都是因為我在過程中胡搞，導致全部的人被轉移到此處。」

「我第一次聽說空間轉移術有這樣的錯法。」瑟芬眼底充滿懷疑，「空間轉移是相當精密的咒術，一點錯誤就會導致毀滅性的失敗，而非搞錯降臨地點這種小事。」

「是、是真的！」看著瑟芬眼中逐漸升起的敵意，福星趕緊解釋，「不只這次。上回我還因為咒語失誤，把大家的靈魂給互換了！」

瑟芬瞪大眼，「交換靈體？」

「是啊！」眼見瑟芬的注意力被轉移，福星繼續說著，「那一次我只想把包子的內餡和比例顛倒，結果莫名其妙把大家的靈魂都互換了，幸好後來能復原。」福星抓了抓頭。「我不知道我有什麼特別能力，只是很常把事情搞砸。或許我的能力就是破壞吧。」

「那不是破壞。」瑟芬蹙眉，思索低語，「破壞是毀滅，你並沒有毀滅事物本身，而是讓它朝另一種方向發展。」但是因為沒有全盤性的配合，導致看起來像是混沌無理可循的失誤。

「那，我擁有的是什麼能力呀？」福星像是找到名醫的患者，緊張又好奇地追問。

瑟芬盯著福星，「晚上到閣樓找我，做個測試，或許能知道。」

他的心中有一個假設。或許，這個東方少年擁有的能力正是他需要的。擊敗對手、扭轉局勢的關鍵……

「嗯！好啊。」福星一口答應。

太好了，他終於有機會更加了解自己了。如果他知道自己的身體是怎麼回事，說不定就能減少出錯失誤的機會，減少給伙伴們帶來的麻煩。

站在林子外的妙春，像石像般看著林中兩個人影握著鏟子，將一抔一抔的土填入埋著安娜的坑洞裡。而安娜本人，就站在兩人旁邊，靜靜地看著他們。

不只安娜，仔細看的話，會發現每個十字架後方，都有一抹朦朧的模糊身影。

妙春深吸了一口氣，強迫自己抵抗恐懼。

她們是亡靈，已逝去的靈體，處在物質界及形上界的陰影，對人沒有任何影響力……

可是，她第一次看見這麼多亡靈聚集在同一個地方。通常會留在現世的亡靈，都對世間有強烈的執念和情感，多半是憤怒或悲傷。

但是她感覺不到她們的情緒，這詭異的感覺，讓她比見到亡者更加不安。

「妙春，要不要回去了？」紅葉的叫喚聲從身後的遠方傳來。

她回過頭正要回應，話語卻哽在喉間。

她發現遠方古堡的一扇扇窗戶後方，一道道灰白的人影，靜靜地注視著她。

晚膳時間，眾人聚集在餐廳，麗夫人照例出席。今晚麗夫人換上一襲黑色禮服，高雅深邃。福星不禁聯想，麗夫人是特地為安娜換上黑衣，為她的逝去哀悼。

「抱歉。早上發生了些事，若是讓諸位感到不安，深感抱歉。」

「不會。」

「有件事必須和各位說清楚。」麗夫人斂起微笑，露出嚴肅的表情。「我的信使帶來些消息。克斯特家的敵人，正在準備對付我們，近期內隨時可能會發動攻擊。諸位如果留下的話，必定會遭受波及。」

「我們願意留下，為克斯特堡奉獻一分心力。」寒川開口，說出麗夫人話語中未明講的詢問。

「萬分感謝。」麗夫人微笑。

「敵人是什麼身分？他們是出於什麼理由發動攻擊？」以薩開口質問。

弗蘭姆瞪了以薩一眼，責怪他的輕舉妄動。

「這個嘛，以我們目前的交情，或許還不是透露的時機。」麗夫人微笑著回應，接著像是被以薩挑起興趣一般打量著對方。「你似乎對我非常不滿？」

「沒有的事！」寒川趕緊打斷，幫以薩否認，「以薩只是不擅言語，說話太過魯莽。得罪了夫人，非常抱歉。」

「是。」

麗夫人並沒有因為寒川的說詞而放棄追究，她繼續盯著以薩。「你說你姓涅瓦？」

「你和沃克家有關係嗎？」麗夫人盯著以薩，臉上並沒有被冒犯到的不悅，反而是出現了淺淺的懷念。「你長得很像伏倫斯．沃克。我的前夫。」

「我們沒有任何關聯。」以薩漠然地回應。

伏倫斯．沃克是以薩的祖父，麗的第一任丈夫，算是闇血族的核心家族之一。伏倫斯死後，兩人的孩子便由沃克家撫養。後來為了進一步隱瞞和麗．克斯特家的關係，便過繼給沃克家的表親涅瓦一家。

麗在進入克斯特家沒多久就守寡，然後死亡，並未替克斯特家留下血脈。

「伏倫斯是個令人懷念的好人，缺點就是太早死。」麗夫人淺笑，望向理昂，「你和你兄弟一點也不像呢。」

「只是堂兄弟。」

「那麼，」麗夫人撐著頭，「你和夏格維斯家有關係嗎？」

「沒有。」

麗夫人勾起微笑，目光在以薩和理昂身上徘徊了一陣，失笑出聲，「真是讓人心煩的組合。」語畢起身，「各位慢慢享用吧。在未知的戰亂降臨之前，享受眼前的寧靜。」

晚餐後，眾人各自回到自己的房裡。

白天在外頭晃了一天，入夜後大伙都安分地留在房裡。這個時代的休閒不多，待在城堡裡更是無趣，偌大的城堡宛如華麗精緻的牢籠，身子住得舒服，心裡卻不舒坦。

克斯特堡東隅有間圖書室，收藏了許多書和古籍繕本。丹絹和理昂一吃飽飯就窩在那兒，翡翠、小花、珠月等人回寢之後沒多久也來到圖書室，藉著看書消磨時間。

福星本想跟進，一起待在圖書室裡，但是他更掛心以薩。

趁著眾人沉浸在自己的書中時，福星悄悄退出書房，前往以薩的房間。

「你在生氣嗎，以薩？」進了房，福星毫不掩飾地表現出自己的關切。「還好吧？」

「沒有生氣。」以薩撐起微笑，為福星倒了杯水。

「要不要吃餅乾？」晚餐時，他看見以薩幾乎沒動幾口就離桌了。「肚子餓的話，心情會更糟喔。」

「謝謝。」以薩笑了笑，拿起福星帶來的一塊夾心餅放入口中。他吃這餅乾，純粹是為了讓福星高興。

福星打量了房間一圈，發現床上放了本打開的書。「你剛剛在做什麼呀？」

「禱告。」以薩走向床，將書拿起放到桌上。那是本聖經。「每當我煩躁時我會禱告，安定自己的心靈。」

「你真虔誠。」

「以前我只要犯錯，修士就會把我關進禁閉室，要我跪在裡頭禱告懺悔。」以薩輕笑，「沒想到原本出於懲罰的舉動，竟然能讓我心靈平靜。」說完，露出靦腆的表情。

福星點點頭，忍不住笑了。這才是他認識的以薩，內向卻又溫柔。

「以薩……」福星小心翼翼地開口，「你恨麗夫人嗎？」

「我不知道。」

「為什麼你對她的態度會這麼尖銳呢？」

以薩長嘆了一聲，「我想阻止她走向歧路。」他想要直接揭穿麗夫人的邪惡，激怒麗夫人露出殘酷的真面目，然後當頭棒喝地阻止她，或讓她無法在未來犯下更多的過錯。

「但是……」這樣，就會改變了歷史——

不，不對。如果歷史的事實根本不是書上記載的那樣呢？那他們的所作所為，還會影響所謂的「歷史」嗎？

以薩不語。

「你難道沒想過其他的可能嗎。」福星反問。

「什麼意思？」

「說不定，麗夫人是被誣陷的。如果那些記載都是假的呢？根本沒發生過的事，你要如何阻止？」

「不太可能……」以薩反駁，但話語裡有著不確定感。

福星看出以薩有所動搖。「或者，我們換個角度想。如果我們找不到麗夫人犯罪的證據，那是不是間接證實了麗夫人的清白？」

「那要怎麼做？」

福星露出自信的笑容，「交給我吧！」

他的心中已經有個計畫，雖然乍看之下有點下流，但為了正義與真相，必須有所犧牲。必要時，自尊和羞恥心都得捨棄。

晚點再和其他人討論一下吧，在那之前，他得先去赴瑟芬的約。

弗蘭姆坐在窗邊，望著天空，彷彿企圖看透幽冥浩渺間超越一切的存在者，是否同樣在看著她，以凡眾難以理解看透的手段，布置操控著命運的發展。

「麗夫人晚餐時說的話，妳覺得是在暗示什麼？」寒川坐在桌緣，咀嚼推敲著麗夫人的話語，「她真的想拉攏我們？克斯特家這種小家族能有什麼敵人？」

「或許是為了她做過的事吧。」弗蘭姆隨口答道。

「如果她真的做了那麼多殘酷的事，不用拖這麼久，用這麼迂迴的方式處分。」寒川沉思，「我對麗夫人的事沒印象，都是事後看史書才知道的。妳呢？」

「我對闇血族沒興趣。」弗蘭姆悠悠開口，「我只知道，闇血族的史書是由始祖的幾個家族負責撰寫，那東西我都當笑話來看。」

「所以，我們見證到的可能會是和史籍記載完全不同的歷史事實？」

「或許吧。」弗蘭姆從口袋中拿出一只懷表，上面只有一根指針，表面上布滿了繁複的紋路圖騰。「我們不會在這裡停留太久。五日之內，斷裂的時間帶會接回。」

「這麼快？」寒川訝異。「看來我們運氣不錯，雖出了點問題，但仍能全身而退。」

「你覺得是運氣？」弗蘭姆聲音揚起。她望向寒川，眼底有著壓抑住的激動。

「怎麼了？」

「逆時之術會在時空中造成波瀾，折返的時間點前後幾天，都會對整個世界的磁場造成影響。我們一口氣讓十三個人逆返時空，回溯過去，對這個時空造成的震盪，相當於日全蝕的數倍。」

「所以？」

「這樣的衝擊，會讓折返點前後一整年都受震波干擾。也就是說，在此時的過去一整年裡，磁場已經是扭曲的狀態了。」弗蘭姆深吸了一口氣，輕語，「封印的公理之獸是怎麼脫離結界的呢？」

因為原因不明的全球磁場變亂。寒川的臉色瞬間沉鬱僵死。

「還有，你不覺得那個瑟芬很眼熟？」

寒川低語，像是不願承認某個事實一般。「他是人類……」

「對。」弗蘭姆咬了咬下唇，「但你要怎麼解釋，他和公理之獸的人化體長得如此相似？」

「我不知道。不管因果如何錯綜，我只知道現在我們能做的，就是靜觀其變。」

寒川腦子裡一片暈眩。他看不清過去，看不透未來，他只能抓住這吉光片羽的當下，努力活著。

未來的他們施展了逆時之術，在過去的時空裡造成磁場紊亂，使得神獸掙脫束縛，引發了封獸之役，展開接下來的歷史。所以，他們究竟是干涉了歷史，還是原本就處在歷史的軌跡之中？是未來的因導致過去的果，還是未來本身就是鑲嵌於過去的因緣裡？

因果相連，連成一環，有如梅比烏斯之環，起始處亦是終結處，將萬事萬物盤旋轉入無盡的輪迴之中。

Chapter08

身為觀光客，

到哪處都要購物是非常合理的

次日，天晴。一掃前日的陰霾，風和日麗得過分，彷彿前日的陰鬱與悲沉都是假象。和昨日一樣，眾人用完餐就到戶外。今日日光太烈，以薩和理昂只能留在屋內休息。

「好無聊喔……」紅葉躺在草坡上，任由溫暖的陽光灑在身上，慵懶地打個呵欠。「非得一直窩在這裡嗎？」接著，悠哉地抬起腿，以腳尖戳戳坐在附近的丹絹的背。「吶吶，這時代，這附近有哪裡好玩的？推薦幾個景點吧。」

「妳用腳戳我?!」丹絹雞貓子鬼叫地跳起，狂拍自己的背，「妳這沒品的女人！妳知道這一路走來地面上有多髒嗎？我們剛剛有經過馬棚外側，說不定妳的腳上沾有馬糞的碎屑！然後妳竟然擦在我身上?!」

紅葉沒好氣地應了聲，「噢，那還對馬兒真是不好意思，竟然把牠的糞便抹在這麼髒的地方。」

「我們是來見證歷史，不是來觀光的。」寒川冷聲提醒。

「白晝是闇血族潛伏的時間，沒必要連白天都守在屋裡吧。難道我們連他們的睡眠狀態和睡衣花色都得記錄？」小花瞥了寒川一眼，悠悠地輕語，「我可以很確定他們沒有毛茸茸的懶熊拖鞋或是白靴貓的小毛毯。」

寒川瞪大了眼，一副祕密被人說中的表情，下一秒惱怒地瞪向福星。

「不是我說的啦！」福星趕緊以唇語撇清。

寒川狐疑地看著福星，接著將目光移向小花。狡詐的貓兒，一臉算計成功的奸笑。她猜中了。

「去城裡看看吧。」布拉德忽地開口，「剛剛去廚房時，侍女們正在清點存貨，等會兒要外出採買，我們可以同行。」

「你去廚房幹嘛？偷生肉吃？」丹絹嘲諷。

「帶這傢伙去覓食！」布拉德憤憤然地指向在一旁啃食馬芬蛋糕的洛柯羅。「順帶一提，採買通常是半個月一次，造成侍女提早外出的原因就是這混帳。」

「又怪我喔！你自己還不是偷拿醃肉……」洛柯羅得意地哼哼笑著，「我有看到喔。嘿嘿嘿……」

「少囉嗦！」

「所以，現在要出發了？」翡翠詢問。

福星偏頭想了下。「我們可以先去探路，晚點再去一次，這樣理昂和以薩就可以同行。」

寒川惱怒地提醒，「我再說一次，我們不是來觀光的！」

「不是觀光，是搜集外部情報。」小花一臉認真地說著。「在同一定點觀測，得到的消息有限，並且沒有對照組可以作為參照。我認為有必要進城，實地田野調查。」

「沒錯！非常有道理！」布拉德讚賞，用力擊掌，「就是這樣！」

「你們——」寒川咬牙切齒，一時語塞，找不到反駁的理由。

「隨他們吧。」弗蘭姆悠哉地起立，伸了個懶腰。「我們整天窩在屋裡，人家也會有所戒備。態度輕鬆點，或許他們的防備會跟著鬆懈。」

寒川瞥了弗蘭姆一眼，輕嘆了聲，表示妥協。

於是，在接近正午時，一行人坐上馬車前往市集。

福星一行人離開後，屋裡回復以往的寧靜。時近中午，豔陽高照，正是闇血族潛伏靜養的時刻。

主堡內靜謐悄然，侍女們大多在側邊的廂房、倉庫，或是外頭活動。

從昨夜到白晝，整日未眠的以薩，在確定伙伴們離開後，悄悄推開自己的房門，獨自穿越長廊，前往主堡中心，麗夫人的臥房。

一路上，他和幾個侍女擦身而過，她們的腳步很輕，說話聲很細，彷彿擔心自己製造出的聲響會驚動到主子的安眠。不曉得這樣的舉動，是出於尊敬，抑或是恐懼。

頎長的身影在陰暗的城堡內移動，宛如鬼魅。片刻，寶藍色的松木大門，呈現眼前。

以薩深吸了一口氣，將頭輕輕靠在門板上側耳傾聽。他懼怕門板的另一端會傳來少女痛苦的呻吟，或者惡魔的低語。

雖然他從史書記載知道麗夫人是什麼樣的人，但要他親眼證實歷史，仍令人退卻。

無聲，屋裡悄然。在睡嗎？以薩更加貼向門板，閉上眼傾聽。

「不進來嗎？」帶著戲謔的女音忽地響起。

被發現了！

以薩嚇了一跳，猛地向後退，擺出防禦架式，準備抵抗隨時可能出現的攻擊。但，一分鐘過去，沒有任何事情發生。以薩遲疑，站定伸手轉動門把，緩緩推開房門。

寬敞的臥室呈現。空間的一隅放了張大床，厚重的窗簾拉上，阻斷了日光，但在正中央開了一個口，讓光線切入一角，拉入一道三角形的光牆。

穿著寬鬆長袍的麗夫人坐在暗處，面前擺著個茶几，看著射入的光，啜著茶。

很詭異的畫面，但是，很美。

「早安。」麗夫人輕笑，「這麼早還不睡？」

這是闇血族裡的老套笑話：闇血族是全世界最早睡的生物。

以薩不語，盯著麗夫人，不吭聲。

麗夫人輕笑，「你是在怕什麼呢？」她逕自拿起一旁的空茶杯，擺到自己對面的桌上，注滿茶。「如果不是懼怕的話，那是憎恨囉？」

「不……」過去的他確實對麗夫人的所作所為感到憤恨，但親眼見了她，恨意轉變為矛盾、困惑。「只是好奇。」

「好奇什麼？」

「好奇妳到底是什麼樣的人。」

麗夫人微愣，接著笑了出來，「我也對你很好奇。」她撐著頭望向以薩，「你真的很像伏倫斯。」連說的話都一樣。

「麗，妳到底是什麼樣的人？」身為闇血族，卻體弱多病的伏倫斯，曾在病榻上咳著血讚美她。「外表和百合一樣高雅，內在卻和鋼鐵一樣堅強。」

以薩冷聲嘲諷。「或許是罪惡感作祟？」

「或許吧。你讓我想到那個留在沃克家的孩子。」麗夫人撐著頭，望著窗外。「現在應該也三十多歲了吧，還很小。」

她說的是以薩的父親。以薩的父親在麗夫人的「罪行」爆發之後，便過繼到涅瓦家。遺傳到祖父的體弱多病，一輩子過得掩藏隱晦，但至少遇到一個強悍又愛他的妻子。他的母親萊拉驍勇狂野，被人諷刺為「獸人萊拉」。

以薩的腦中忽地閃過小花的身影。總是帶著不屑的輕笑，悠哉地指使操控周遭的事物。外表嬌小的小花，和他母親、他祖母一樣，有著強悍的內在。

以薩突然忍不住輕笑。迷上強悍的女人，似乎是沃克家男人的傳統。

他走向麗夫人，拉開空著的椅子坐下，拿起杯子輕啜。洋甘菊的味道溢入鼻中。

麗夫人笑了笑，「想知道什麼？」

「妳在策劃什麼？」以薩開門見山地問。

「你呢？」

以薩遲疑了一秒，由衷而真誠地看著麗夫人。「我想阻止妳犯下無法挽回的罪孽。」

「罪孽？我第一次聽到這樣的形容詞。」麗夫人不以為然地輕笑，「你指的是什麼事呢？」

「屠殺人類。」

麗夫人挑眉，笑容僵在臉上，露出不可置信的表情。

「什麼？」她的表情像是第一次聽見這樣的說法。「為什麼我要做這種事？」

「因為妳克制不了自己嗜血的本性，虐殺無知的弱者是妳的樂趣。比方說妳手下的那些少女，妳會在夜裡割斷她們的咽喉，聽著她們的悲泣，啜飲著她們的鮮血……」以薩繼續說著，重複著闇血族史書裡記載的文字。

麗夫人瞪大了眼，笑容褪去，慍火浮現。

「如果你來的目的是惹惱我的話，恭喜你成功了。」麗夫人凜著臉，音調上揚，透露著怒意。

「我只是不希望妳那麼做。」

麗夫人盯著以薩片刻，深吸一口氣，壓下怒火。「要不是你的態度如此誠懇，我真想把靴子往你臉上砸。」麗夫人揚起笑，「我倒是很好奇，為什麼你會認為我想屠殺人類？」

「這……」因為歷史如此記載，「因為有這樣的傳聞……」

「你聽見這樣的傳聞？」聲音再度揚起，麗夫人皺眉，苦笑著搖頭，「我以為依赫爾曼的格調，不屑耍這種小伎倆，不料夏格維斯的水準已經低到往對手身上抹糞了……」

夏格維斯？以薩詫然。

「妳的敵人是夏格維斯家？」

「嗯哼，或許不只吧。」但她的作為，包括竄升太快的勢力，對赫爾曼而言一直是眼中釘。如果赫爾曼知道她打算做什麼，不知道會有什麼樣的反應？

以薩不語，沉思。

麗夫人的敵人是夏格維斯家？但是他的父親，還有他，自小都接受了夏格維斯的保護，夏格維斯一族幫助他們隱瞞身分，以免他們被排擠驅離，並且教育他，控制他心裡的黑暗——

但，如果那不是保護，而是監視和控制呢？

一股寒意從背後油然而生。

原本紊亂的腦子感覺更加混沌，既有的認知動搖，一片片崩解。所有的思緒糾結成一團，只有一個念頭清晰地浮現在腦中。

這些事，理昂知道嗎？

他不敢多想。

麗夫人打了個呵欠，在空著的杯子裡倒滿琥珀色的茶水，但沒再拿起來啜飲。

午後一時，對闇血族而言，是深眠的時刻，生理時鐘正催促著軀體進入休息，但以薩的腦子卻異常清醒。

「還要喝茶嗎。」麗夫人慵懶地詢問。

「不了，謝謝。」

麗夫人撐著頭，看著灑向地面的日光。日光中，飄著細微的塵埃，緩緩落下。

「為什麼闇血族只能在夜裡活動呢？」麗夫人輕喃，像是夢囈一般。「月光雖美，但我也很嚮往陽光呀……」

「這是闇血族與生俱來的詛咒。」這是人盡皆知的傳說。闇血族是墮天使在凡間的化身，被神詛咒，雖擁有天使般的外貌、超凡的能力，但只能在夜裡活動，無法領受神聖的日光照耀。

「噢，那是教本上的說詞。」麗夫人露出反感的表情，「可是我不覺得這是詛咒。因為世界上沒有任何族裔比闇血族更明瞭夜的美。」

所有的人都懼怕黑夜，喜愛白天。在凡人眼裡，無盡的黑夜是邪惡的化身。

這是偏見。晝與夜皆為神所造，白晝的美，凡人皆知；闇夜的美，只有闇血族獨享。她以自己身為闇血族為傲。

「喜歡狩獵嗎？」

「還好。」

「難道你和你堂兄弟一樣，喜歡閱讀？」麗夫人輕笑，「那傢伙真了不起，一整晚都窩在圖書室。」

以薩不語。麗夫人繼續開口，「你的興趣是什麼？」

對話的主題忽地轉移到自己身上，以薩有點措手不及，因為以往很少人問他這些事。沉默了片刻，剛毅的薄唇吐出答案，「種花。」

「喔？」麗夫人挑眉，點點頭，「後山有一片花園，但夜晚時花兒都睡了。花朵不是闔上就是垂下，感覺像病了似的……」又是一個呵欠。

以薩看得出麗夫人想睡了，但她似乎不甘心就此入眠。她很久沒和外人閒聊了。

「有什麼花是夜間開放的？」

「夜合、曇花、晚櫻草，還有月光花。」以薩如數家珍地說著，「月光花的花色是雪白中帶著淡淡的粉黃，花形和花色不是非常鮮豔，但是夜間會散發獨特的香氣。花期長，夜夜綻開，不像曇花，美雖美，但只一現。」

那是他很喜歡的一種花。內斂、看似平凡，卻有著無與倫比的特質。

他想到了小花。那輕視一切、玩弄世間於股掌間的狡猾貓兒。

「沒聽過。」

「月光花原產於南美洲。這個時候……嗯，在歐洲比較罕見。」

「是嗎。」麗夫人揉了揉眼眸，「以後也在園子裡栽一些這種花吧。到時候就請你幫忙囉。」

「嗯……」他應聲，即便知道這個委託永遠不可能實踐。

「以薩，茶冷了。」

「嗯。」

「以薩。」

「嗯。」

「不知道那個孩子現在怎麼樣了……」麗夫人臉上露出倦容。「我很想他，我想看著他成長。」

但是不行，她已與沃克家斷絕關係。她必須如此。因為她知道，若是她的計畫失敗的話，和她有關的人都會受到牽連……

「他很好。他會成為一個忠厚老實的好人。」

麗夫人輕笑，「說得你好像親眼看過似的。」

他看過。

「那，他會恨我嗎？」麗夫人打了個長長的呵欠，陷入半夢半醒之中。

「……不會……」以薩說了謊。

他的父親，還有他，在過去一直憎恨著麗，恨她的嗜血殘酷，恨她拖累了沃克家的名聲，使得他們只能躲躲藏藏地過日子。

但此刻，他由衷地認為福星說的話可能是對的。

歷史的記載並非真相，赫爾曼．夏格維斯和克斯特家的崩亡有什麼關聯，麗夫人為何背負上闇黑魔女的惡名……他會查出來的。

「抱歉，我想睡了。」

以薩起身，向麗夫人行了個禮，告退，「祝您有個好夢。」

約莫在午後二時，福星一行人運著大批的日用品歸來。回到寢室時，福星發現理昂已經醒了，昏暗的房間裡亮著油燈，理昂坐在窗邊，看著從圖書室裡借出來的書。

「這麼早起喔。」福星坐在床緣，拿出從市集買來的戰利品向理昂獻寶。「你看！這是棕熊的木雕！很可愛吧！我們剛去鎮上喔！聽說這幾天晚上都會有黃昏市集，晚點剛好可以一起去。」

「嗯……」理昂淡然地瞥了眼福星手中的木雕。以黑檀木雕成的熊，威儀凜然，眼神散發著內斂的肅殺之氣，三腳著地，一腳懸起，彷彿正要躍起一般，蓄勢待發。「你哪來的錢？」

「我拿熱水壺和小販換的。」

理昂皺起眉，「不要亂買東西……」

「可是，」福星將木熊舉到眼前，「我覺得它和你很像耶。」那踐不拉嘰的眼神，根本和理昂如出一轍。

理昂再次皺眉，「不要胡說八道……」

「你在看什麼書呀？」

「聖奧古斯汀的《懺悔錄》。這是天主教本篤會隱修院的手抄本，非常珍貴。」

「是喔？」福星坐起身。「你做了什麼壞事嗎？幹嘛懺悔。」

理昂停頓了一秒。「只是看看罷了。」

福星把熊放到枕頭邊，接著趴在床上，輕輕地撫摸著木熊身上的刻紋。「我覺得啊，與其為了已經發生的事懺悔，不如想辦法補救挽回。」

「所以，你從不為你闖出來的禍感到懊惱？然後不斷地犯錯，不斷地亡羊補牢？」理昂直言，沒意識到自己的話語過於尖銳。

福星微微一震，露出了受傷的神色。

「誰說的，我一直都有反省和檢討啊……」福星乾笑兩聲，故作不在意。「可是，沒辦法，不知道為什麼，就是一直會出問題。哈哈。」

理昂暗暗自責。他這是在遷怒，因為自己的煩躁，把怒意發洩在福星身上。

「抱歉。」

「噢噢！千萬別道歉！你說的是實話，我真的應該要更加謹慎點，不能這麼隨便。」

福星認真地說著。

理昂長嘆了一聲，起身走向福星。「你很好。保持這樣就好。」

「喔……」可是，他不想，他覺得自己好遜。他也想要像他的伙伴一樣，既帥氣又讓人信賴崇拜。

理昂看著鬱悶的福星，下意識地伸出手拍拍那黑色的腦袋。

「別想太多。」以前莉雅生悶氣時，他也是這樣哄她的。「開心點。」

「那，」福星轉頭，一臉期待地看著理昂，「晚上一起去逛市集，好嗎？」

理昂想拒絕。當他煩亂憂慮時，只想窩在屋裡，不和他人互動。

但是看著福星的臉，他輕嘆了聲。「可以。」

傍晚時分，在和瑟芬報備過後，一行人再次前往鎮上。

市鎮離城堡不遠，以未來的說法，大約二十分鐘車程即可到達，但搭乘馬車則須耗費三倍的時間。

市鎮的規模雖然不甚大，但相當密集熱鬧。各色小販在廣場上匯集，商店大門開啟，商品陳列多得堆積到街道上，幾乎將道路占領。

「再過幾天，傍晚時分會更加熱鬧。因為秋收節在下週三就要展開了。」領路的侍女名為艾瑪，同時也是廚娘之一。她比一般侍女健談許多，自願在傍晚時再次擔任福星等人的嚮導。

「這裡很熱鬧。」看著川流不息的人，以及充斥在耳邊的叫賣喊價聲，以薩讚嘆。

「是啊。」艾瑪笑著開口，「西陸一帶大多陷入戰火之中，這裡卻能擁有這樣的悠閒，對許多人來說應該就像天堂一樣吧。」

理昂不語。多的不只是人，非人者也群聚於此。或許是受戰亂影響而逃至遠離戰火之處吧。

在人群當中，理昂認出了幾個同類混雜其中。不只他，布拉德也嗅到了同族的氣息。翡翠則是看見有幾個人身上散發著淡淡的精靈光暈。

戰火影響的不只人類，寄生於人類社會中的特殊生命體也受到波及。

「抱歉，讓妳又多跑一趟。」珠月不好意思地對艾瑪笑著，「耽誤了妳休息的時間。」

「不會！況且你們也幫了不少忙吶。」艾瑪笑著指向蹲在路旁向小販殺價的翡翠。

「多虧了翡翠先生，這次採買省了不少錢。」

在擺滿西亞風格飾品的攤位上，翡翠蹲在一旁，不屑地翻動著攤位上的商品。

「你說，這是火精靈寶石？」他拿起一枚嵌著大顆紅褐色寶石的胸針，不以為然地拿到眼前，對著火光打量。

「是的，大人。」有著枯瘦身軀和細長指頭的中年男子，是矮妖化身而成，他邊諂笑邊搓著手。「非常珍貴吶，大人。這是上任火之精靈王贈予匈奴王的寶物，現在落入我手中。我看您識貨，算您一袋黃金就好。」

「贗品還敢要一袋黃金？」翡翠憤然將寶石丟回攤上。「這塊爛石頭你好意思說是精靈寶石？我膀胱裡的尿結石都比這高貴！」

「大人，您不買就算了，可別胡說！」矮妖一邊虛聲喝阻，一邊不安地看著周遭因翡翠的話語而湊過來看熱鬧的人。

「既然是火精靈寶石，那應該耐得了火燒吧。」翡翠拾起寶石，拿向一旁的火把。「如果毀壞的話，代表你賣贗品！這是詐欺！這必須交給商會處理！」

觀望的人開始鼓譟，譴責著小販的行為，贊同翡翠的做法。

「大大大人！您別亂來啊！」第一次遇到這麼氣焰囂張的奧客，矮妖跳起，趕緊好聲安撫，「不然您說該怎樣？該賣多少？我照您開的錢賣您就是……」

翡翠冷哼，「我為什麼要花錢買贗品？」

「大人……」矮妖十分為難。

「夠了吧。」小花忽地出現，一副正義使者的模樣，制止翡翠的咄咄逼人。「人家也是生意人，請你適可而止。」她隨手丟了兩枚銀幣到攤位上。「這寶石我買了。」

「謝謝！謝謝！」小販只想息事寧人，趕緊收下錢，看向翡翠。「大人，這寶石現在不是我的東西了，您有興趣的話，請找這位小姐商量。」

翡翠悻悻然地將寶石遞給小花，哼了聲，轉頭離去。小花轉身往相反的方向離開。然後，兩人在下一個街口相會。

「拿去。」小花將寶石丟給翡翠。「賣了後五五分帳，我要看收據。」

「喂！寶石是我鑑定出來的，我花這麼長時間演戲，妳才講那三句話，憑什麼五五分？」

這石頭不是精靈寶石，卻是成色相當高的紅碧璽。雖賣不了一袋黃金，但也值不少銀幣。八成是不識貨的矮妖從別人家裡偷來的，分不清楚物品的價值，只想騙一把。

「沒有我你也下不了臺。」小花淡然提醒，「不滿意的話，以後別找我合作。」

翡翠重哼了聲，勉強妥協。

只有奸商最了解怎麼對付奸商，比的是道行高，看誰更奸。

福星和珠月一行人被站在市集中央的江湖藝人吸引。擁有粉嫩肌膚、斯文陰柔的男子，操著帶有東斯拉夫腔調的口音，唱著來自北地的歌謠，吸引了許多人圍觀聆聽。

「好好聽喔。」福星讚嘆。

「真的。沒想到男生能夠唱出這麼高的音。」珠月看著歌手，臉上漾起笑容。「而且他長得很好看。」

「是啊。」妙春和洛柯羅贊同。

「會唱歌的男生感覺很棒。」珠月喜愛地看著男歌手，嘴角勾起，輕聲低喃，「不知道那張嘴會發出什麼樣的呻吟呢？」

「珠月……」拜託，後面那句就留在心中，別說出來吧！

站在珠月等人身後的布拉德皺起眉。唱歌是嗎……他偷偷地清了清喉嚨，小小聲地哼了兩句小調。肩膀傳來兩記輕拍，回過頭，只見丹絹和紅葉一臉賊笑。

「做什麼！」布拉德惱怒地瞪了兩人一眼。「怎麼，我不能一時興起唱個歌嗎！」

「別緊張，我們只是想幫你。」紅葉呵呵媚笑。

「況且你那不叫唱歌，叫哀號。感覺像是有人拿未塗凡士林的乾燥塑膠棒捅你屁眼一樣。」

紅葉蹙眉看向丹絹。「老兄，你這比喻有點微妙。」

丹絹聳了聳肩。「只是對珠月的興趣有點好奇，之前上網搜尋了些相關影片。」他不以為然地說著，「感覺頗無聊的。」他果然無法理解少女的喜好。

紅葉噴笑，「你夠猛。」

「兩位到底想說什麼？如果是想被狼爪重擊咽喉的話，我非常樂意效勞。」布拉德咬牙切齒，皮笑肉不笑地詢問。

「想和那個歌手一樣有著動人的歌聲嗎？」丹絹笑問。

「想要吸引珠月的注意嗎？」紅葉跟著搭腔。

布拉德不語，臉色漲紅，點點頭。

「拿去！」丹絹將手中物品遞給布拉德，「有了這個，你也能和剛才的歌手一樣！」

布拉德盯著丹絹交給他的東西。「剪刀？」

「是啊。那個歌手是流亡的宮廷戲子。」丹絹賊笑，湊到布拉德耳邊。「是個閹伶。」正因為是閹伶，才會保有如此高亢的嗓音。

「還是說要給你修指甲的小剪刀比較合用？」紅葉一臉認真地詢問。

布拉德咆哮，將剪刀扔向丹絹，但被閃過，同時也換來珠月轉過頭責難的目光。

「請小聲一點。」珠月輕語，接著回頭繼續聆聽演唱。

布拉德百口莫辯，瞪向罪魁禍首，但紅葉和丹絹兩人早已狂笑著跑離廣場。

同一時間離開廣場的，還有理昂。

進入市集後沒多久，理昂便發現有個人一直尾隨在後觀察著他們，他便刻意放慢腳步，移動到隊伍的最後。

然後，趁著伙伴散開行動、注意力被分散時，默默離開人群聚集處，前往暗巷。

跟蹤者一路尾隨至巷中，一個轉角進入死巷，而目標卻已不見。

突然，冰冷的刀刃貼上頸邊，和刀鋒一樣冰冷的低語從身旁傳來。

「有什麼事？」理昂冷聲質問，「我會依你的答案決定你的生死。」

對方舉起手，緩緩轉身，不敢妄動。

理昂上下打量對方一番，是個中年男子，闇血族。同時，他眼尖地發現對方腰上的佩劍，烙有夏格維斯的家徽。

「你是夏格維斯家的人？」

「赫爾曼大人！果真是您！我無意冒犯！」男子立即跪下，「我只是很驚訝。您看起來和之前不太一樣，我只是想確認是不是您——」

我不是赫爾曼。理昂本想否認，但轉念一想便選擇沉默，讓對方誤以為自己是赫爾曼，好套出更多情報。

「只是稍微易容，我不想引人注目。」理昂收起短刀。「你出現在這裡做什麼？」

「偵查克斯特家的動態。」男子困惑。「大人，這是您交代的呀！」

「我只負責下令。至於誰去執行，我沒必要熟記。」從這人的打扮和態度，理昂推測對方只是中級候。「等你進入騎士團，或許有讓我記住的價值。」

「是是是！萬分抱歉！」男子誠惶誠恐。「但是大人，您為何親自出現在此？近衛隊呢？」

「帶著一大票人，只會打草驚蛇。」理昂冷哼，「如果下屬有點用的話，我就不用親自來這一趟了。」

「抱歉！抱歉！您說的是。」

「你叫什麼名字？」

「文森。」

「說說看你的任務有什麼進展。」

文森聞言，立即露出獻寶的神情。「大人，不得了吶，麗．克斯特那女人真是造孽，您絕對想不到她打算做什麼！」

理昂挑眉，不以為然，等著對方吐出下文。

「她不斷擴充實力，拉攏盟友的目的是──她想公開我們的存在！」

「闇血族的存在？」

「不，是所有特殊生命體！她打算直接前往羅馬，向教皇那肥禿老頭公開我們這群非人者的存在！實在太瘋狂了！」文森憤慨地說著，「她根本不知道這會對我們帶來多大的麻煩！赫爾曼大人您果然有遠見，她果然必須鏟除！」

理昂震愕，但表情仍不動聲色。

這就是麗夫人被肅清的原因……

「她知道此舉會遭撻伐，憑什麼敢這麼做？」理昂冷靜地追問。

「死魂呀，大人。傳聞麗夫人手下的鍊金術師有召喚死靈的能力，所以大家不敢貿然行事。這您不是早就知道了？」

鍊金術師？是瑟芬？

「就我所知，克斯特堡內似乎並沒有那樣的武力……」

「沒錯！大人您果然消息靈通！我的探子告訴我，克斯特堡裡根本沒有什麼死魂軍團，倒是有一票身手俐落的衛兵。簡單來說，堡裡值得畏懼的對手，只有鍊金術師和麗夫人而已。」

理昂深吸一口氣。「辛苦你了。」他停頓片刻，「要探查這些消息，並不容易吧。」

「是啊。但是我派出的探子成功騙過麗夫人的耳目。那女人雖然瘋狂，但是對女人和弱者倒是挺不錯的。真是匪夷所思。」文森嗤笑，非常不屑。

所以，克斯特堡裡有內賊。理昂暗忖。

「你今天是和探子見面？」

「是的。」

理昂輕嘆了聲。

很好，他猜得到內賊是誰了——艾瑪。

「她是人類，你確定她可信賴？」

「大人，您怎麼知道是『她』？」

「我總得知道底下辦事的是什麼角色。」

「大人真是太了不起了。但您放心，」文森發出諷刺的笑聲，「那女孩非常愛我，為了我可以付出一切。」

看著文森，理昂在心裡長嘆。這就是闇血族，夏格維斯家的闇血族，殘酷、無情。三百年前如此，三百年後亦是如此。他不想接管這樣的家族……

「除了麗夫人的事，那女孩還說了什麼特別的消息？」理昂很擔心他們的存在會變成攻擊的目標。

「只說又有新的弱者來投靠麗夫人，沒什麼大不了的。」

理昂詫異。看來艾瑪沒把所有的事說出去。

或許她的內心也在猶豫吧，待在克斯特堡一整年，再怎麼無情的人，也會對麗的善心感到不捨。她知道麗夫人想拉攏他們，卻沒向文森報告。這代表，她希望他們能保護麗。

見理昂不發一語，文森小心翼翼地出聲，「大人，還有什麼事要交代的？」

「你走吧。現在立即折返，從這裡消失。去執行你的任務，向你的主子稟報。」他不想讓文森發現他和福星等人一起行動。

「是！」

「等等。」理昂再度喚住文森，含糊地探問，「你的主子和你說的出發時間是什麼時候？」

「出發？」文森偏頭想了想，「大人，您指的是圍攻克斯特堡的時間？」

「是。」理昂隨口胡謅了個藉口，「我外出時，長老們似乎背著我商討了些東西。」

長老群是家族的長者組成，輔佐族長，類似眾議院與皇室的關係，兩者的權力互相制衡。

「原本預定是萬靈節那一日，目前沒接到變更計畫的通知。」

理昂點點頭。「很好。」

萬靈節，十一月一日。還有五天。

「大人，我絕對是站在您這一邊的！」

「我知道。文森，我記住你了。」理昂伸手向下一揮，「你可以走了，別和他人提起你見過我的事。」

「是！」文森露出欣喜的神色，快速離開現場

理昂看著對方遠去的背影，心中暗自盤算。他得在赫爾曼出兵克斯特堡之前阻止對方

的行動。

即便要毀滅對方，即便獻出自己的生命，即便會影響歷史，即便是逆天，他也要阻止赫爾曼，阻止伙伴們知道這一切的悲劇、一切扭曲的歷史，竟然是他家人所為。

他活了近兩百年，好不容易擁有這群伙伴。他喜歡福星，喜歡大家，喜歡在一起的時光，雖然他並沒有表現出來……

他絕不會讓他所珍惜的事物破滅。

入夜後沒多久，一行人回到堡內。用完餐，眾人各自回房，或在堡內各處閒晃，打發時間，而福星則前往高塔赴瑟芬的約。

穿過重重迴旋的石階樓梯，登上最高處，推開厚重的木板門，映入眼中的是琳瑯滿目的書、實驗器材、玻璃管、蒸餾瓶，以及各色各樣的植物盆栽，還有怪異的動物標本與肢體。

「好多東西喔。」福星東張西望，房間的擺設讓他想到《石中劍》裡巫師梅林的房間。他就像年幼無知的亞瑟王，進入一個未知而陌生的領域裡。

一顆乾燥的鱷魚頭掛在牆邊，齜牙咧嘴，保有生前的狂厲。

「這個好酷！我也想放一個在房間裡！」超威的，但是琳琳一定不肯。她討厭爬蟲類，理由很奇怪，因為琳琳覺得爬蟲類長得很猥瑣，感覺像痴漢。

「抱歉，有點亂。」瑟芬從一大疊書後探出頭，不知道在忙些什麼。「你先找個位置坐——算了你還是站著好了，椅子之前被我拿去放銀膠菊的濃縮液，不知道有沒有殘留在上面。沾到的話可能會腫個一陣子或者潰爛，不過有解藥可以治。」

福星正要坐下的臀部趕緊在半空煞車，尷尬地站起。「瑟芬，你到底是做什麼的啊？」

「探尋世界的奧祕及真理。硬要套一個名稱的話，就是鍊金術師。」

「喔。」的確很像。

「你好像不怎麼驚訝。」

福星得意地仰頭哼哼兩聲。「實不相瞞，我對鍊金術稍有涉獵。」在遊戲裡。

「是嗎。」瑟芬繼續手邊的工作，看不出是相信還是當作是笑話。

「你要我幫你做什麼？」福星老實地承認，「先提醒你，不是我自誇，只要是我經手的咒語，有九成的機率會搞砸。」

「那樣最好。」如果他的推測沒錯的話……

「什麼？」

「沒事。」

福星小心翼翼地舉步，避開堆放在地上的壺甕和書本，走向瑟芬。「你做這些東西，是麗夫人要求的？」

「她並沒有要求我做任何事。」瑟芬的臉上露出了感恩的笑容。「是我自己想為她奉獻一分心力。」

福星盯著瑟芬，「你真的很尊敬她……」和堡裡的其他人一樣。雖然那些侍女總是掛著冷漠淡然的表情，但是面對麗，冰冷的臉上便出現崇敬與喜悅的神色。

不過，瑟芬的笑容裡，除了敬愛，還有別的情感，更加強烈、深刻的情感，被壓抑在感恩之情底下。

瑟芬淺笑。「二十年前，當我和你差不多大的時候，瘟疫和飢荒奪走我村人的生命，當我奄奄一息、正要跨入陰間時，麗夫人拯救了我，並賜給我名字。」

「瑟芬（Zephon）」是伊甸園裡的天使，意思是神的探索。麗夫人賜給他新的人生，給他重新探索世界的機會。

「二十年前？」瑟芬看起來也才二十多歲而已啊！

看出福星的狐疑，瑟芬主動解釋，「麗・克斯特夫人用她的鮮血餵養我，挽回了垂死的我，也賜給我超於凡人近乎血族的生命。」語調轉低，像是想起惱人的事，「但這是血族的禁忌……」自視甚高的闇血族，將這種行為視為玷辱種族的事。

「這樣喔……」福星開始不安。他很好奇麗對瑟芬做了什麼，讓他青春常駐，就和特殊生命體一樣。但他不敢問。

瑟芬主動對他說這麼多事，他很擔心這些情報是要付出代價的。

「呃嗯，那個，麗夫人的皮膚感覺很好。」福星趕緊顧左右而言他，扯開話題，順便打探情報。

「她是世間至美至善的化身。」

「不知道有什麼祕方。比方說洗澡水是否添加某些成分？」

「我不清楚。」瑟芬的臉擺明了不想繼續這個話題。

「是喔。」福星點點頭，「那，麗夫人晚上都在做什麼呀？」

「她會在東翼的禱告室裡和侍女們一同讀經禱告。週日早晨會一起進行彌撒，侍女裡的葛芮絲以前是修女。」瑟芬不自覺地露出引以為傲的笑容，「麗夫人的生活態度非常潔淨貞淑。」

「嗯，真是了不起。」

週日早晨，那就是明天囉？他得把握機會。福星暗暗盤算著連自己都覺得有點荒謬、有點下流的計畫。

驀地，一只塞著軟木塞的玻璃瓶，遞到福星面前，打斷了福星的思緒。

「福星，對著這個瓶子施咒。」

福星看了看空無一物的瓶子，「施什麼咒？」

「喚醒。」

「啥？」喚醒什麼？瓶子？還是裡面的氣體？太抽象了。

「試試看，假裝裡面有一隻蝴蝶。」瑟芬耐心地解說，「等一下照著我的指示，重複我念的咒語。」

「喔……」福星點點頭，雖然還是一頭霧水，但決定死馬當活馬醫。

瑟芬輕聲吟詠咒語，那是福星未曾聽過的語言，像是拉丁語，又像是更古老的祭唄。

他跟著複誦，緩緩複誦，謹慎地咬字，模仿著獨特的抑揚頓挫。

如歌一般的咒語，來來回回反覆了數次，到後來，連福星都能流利念出。忽地，瑟芬的吟誦停止，福星遲疑了一下，跟著停止。

他好奇地看著空瓶。瓶裡和數十分鐘前一樣，空蕩蕩的，瓶子本身也依然透明，連點裂縫或汙痕也沒有。

失敗了？福星在心裡疑問著，瑟芬的輕嘆聲給了他答案。

唉，果然……

「不好意思……」福星尷尬地看著瑟芬，一臉歉疚。

「別這麼說。是我拜託你來的。」瑟芬微笑，「謝謝你的協助。」

「呃，我根本沒幫上任何忙咧。」福星抓了抓頭。「浪費你的時間真不好意思。」

「不是浪費時間。」瑟芬笑著拍拍福星的肩。「每一次的實驗都是有意義的，至少我們知道這項假設是無效的，又朝真理靠近了一些。」

福星靦腆地笑著，低下頭。第一次有人把他的失誤看得這麼有意義。

「我之後可以過來嗎？」福星張望了房間一圈。「我想看你做實驗，放心，我不會打擾你的！」

雖然他現在就想留下，但是，他還有更重要的事……

「可以。如果你不嫌無聊的話。」

燦爛的笑容在嘴角綻開，福星像是找到新玩具的孩子，開心地向瑟芬揮手道別。

福星離去後，瑟芬坐在桌前，拿出一疊厚厚的紙本，修改著上頭的魔法陣和咒語。

忽地，擱置在一旁的玻璃瓶，傳來細小的碰擦聲。

瑟芬轉頭，盯著玻璃瓶，將之拿到面前端詳，接著試探地轉開瓶塞。

一陣輕微的風緩緩拂過臉，滑往桌上的曼陀羅花盆栽。

花葉微微顫動了一下，彷彿有東西降落在其上，同時，風止。

瑟芬盯著花朵。

片刻，一隻有著藍紫色花紋的彩蝶，像是呵在玻璃上的霧氣一般，一點一點地綻現。

Chapter09

再堅韌的花，

雖經得了凜冬寒霜，

卻經不了惡意踐踏

SHALOM ACADEMY

「去哪兒了？」

返回寢室，打開門扉的一瞬間，質問的話語像暗箭一般，冷不防地射出。

福星抬頭，只見理昂雙手環胸，側坐在椅子上，好整以暇地看著他，等著他的解釋。

「呃，我剛去瑟芬的實驗室。他找我幫忙。」福星小心翼翼地回答。

奇怪，明明是正經事，為什麼給理昂這麼一質問，他突然有種作賊心虛的感覺。

理昂挑起一邊的眉毛，「幫什麼？」

「我也不知道，總之是失敗了。」

他突然覺得自己像是午間劇場裡，偷腥回來被妻子逮個正著的丈夫。雖然知道理昂的詢問是出於關心，但是……

福星看著理昂一臉質疑的臭臉，忍不住噗嗤偷笑。照劇情發展，扮演妻子的角色應該要衝過來檢查他身上偷情的痕跡，然後惱怒地揪住他的耳朵，痛罵一聲死鬼。

「笑什麼？」理昂的聲音揚起，透露了他的不悅。福星的笑容讓他覺得自己像個蠢蛋。

「沒事、沒事。」福星趕緊收起笑容。他可不想讓理昂知道自己的胡亂妄想。

收拾了一下東西，脫下外衣，福星走向門板，準備外出。

「又要去哪裡？」理昂再度開口。

「我去找大家過來開會。理昂你也要參與喔。」

理昂盯著福星。「你得先答應我個條件。」

福星微愕。「條件？」

理昂以前從未提出過這種要求。他覺得，來到這個時空之後，理昂變得怪怪的，而且是無理可循地怪異。

他不知道理昂在想什麼，但他能感覺得到，理昂，很不安，這是他從未在這強悍孤傲的室友身上見過的情感。

「你帶來的東西，三天後借我。」理昂淡然地開口。

「你是說PSP嗎？」福星故意裝傻。

「你從兵器庫房帶來的東西。」理昂直接點明。「全部，借我一夜。」

「可以……可是，你要做什麼？」

理昂淺笑。「打發時間。」整肅早已陳腐的自家人。

如果赫爾曼是五天之後出動，那後天他提前出發，埋伏在主道路上，制止對方通行。就算無法阻止赫爾曼的行動，至少也能耗損對方的兵力。

福星看著理昂，沉默了片刻，「喔，好吧。」

雖然知道對方是在搪塞，但福星不打算追問，因為他知道，就算問了也是徒然，得不到答案。

「謝了。」

踏出門外前，福星停下腳步，回頭，「理昂，我們是伙伴吧？」

「嗯。」理昂背對著福星，看似埋首於書中。

福星遲疑了一下，「所以，你千萬不要自己做什麼冒險的事。」

「嗯。」

正因為是伙伴，所以他不能讓他們去冒險。犧牲一人總比全員滅亡來得實際。

數分鐘後，在福星的召集下，所有的人聚集在福星的房間裡。

「我覺得，要證實歷史記載的真偽，就得主動去找尋證據！」福星義正詞嚴地說著，「只是等待的話，可能會錯失很多隱藏在細節裡的東西。」

「所以？」寒川一臉不耐煩。從凌亂的頭髮可以看出這傢伙剛醒，起床氣很重。

「我覺得應該要先找出麗夫人虐殺少女的證據。找到那座血池，直接搜索。」

如果麗夫人是清白的，那麼歷史將她扭曲的原因是什麼？如果能找出這個關鍵，說不定就能找到鎮魂鐘的線索……

「怎麼做？」洛柯羅打了個呵欠，「去問她嗎？」

福星得意一笑，說出自己的計畫。

「我已經探聽到了，明天早上麗夫人會到禱告室裡進行彌撒，我們可以趁清晨時潛入她臥房，進入浴室——喔，對了，不用擔心找不到浴池，之前我和理昂探勘過城堡，已經找出隱藏的浴室在哪裡了。當然，我指的是一年級時的事。」福星拉拉雜雜地說著，「嗯，然後，進入浴室之後，搜索證物，或者直接實地觀察。」

說到這，福星露出自豪的笑容，從口袋中拿出手機。「裝入滿格的備用電池，可以錄影三個小時。我們可以把它放在浴室裡，過一陣子再去取回，到時候就可以看看麗夫人在洗澡的時候做了些什麼事。」

哈哈，多麼睿智的策略！結合了科技與人文，傳統與現代，連他都忍不住佩服起自己……

看著志得意滿的福星，眾人錯愕。

「所以，」小花搔了搔下巴，歸納出重點，「你的意思是，要我們去偷看以薩他阿嬤洗澡？」

「呃！」福星愣了一下，「妳要這麼解釋也可以啦。」

他偉大的計畫被這麼一講，怎麼好像有點猥褻……

「太下流了。」翡翠皺眉搖頭。

布拉德和丹絹也露出無法苟同的表情。

「福星，」紅葉嘖聲，「這是道地的痴漢行為吶。」

「痴漢！」妙春笑著附和。

「我沒有那個意思！我只是單純地想要知道真相而已啦！」福星大聲辯解，但有種跳進黃河也洗不清的感覺。

「先不提道德問題，」出乎意料地，寒川並沒有斥責，而是認真思索可行性，「如果真的能在隱藏的密室探尋一番，說不定真的能找到和鎮魂鐘有關的線索。」

「既然是刻意隱藏的密室，顯然裡面放著某些不方便讓外人看到的物品。」弗蘭姆表示贊同。

「哼哼哼！看吧看吧！」一得到認同，福星的氣燄再度高張。

眾人面面相覷，無奈聳肩。

「週日早晨彌撒的話，預計應該在九點之前會結束。那麼，清晨六點時應該已經離開了。」小花偏頭推算著。「我們五點半就先去守株待兔比較保險。」

珠月看了看表，「那就是……七個小時之後囉。」

福星轉頭向翡翠詢問，「翡翠，你有帶隱身的粉末嗎？」

「沒有現貨，但有材料。」翡翠露出市儈的笑容，「原料加手工費，一人十歐元。」

「你真是──」都什麼時候了還死要錢！

「沒關係，」寒川打斷福星的抱怨，豪氣萬千地買單，「十歐元太客氣了，一人一百歐元。」他勾起嘴角，朗聲下令，「回去報帳，叫藍思里付！」

「大人英明！」

清晨五點。大地仍罩在黑暗之中，只有遠方天際掀起一點朦朧的淺藍，將日光灌入天帳之中。

「有人嗎？」福星小聲地探問。

「沒有。看來她們剛出去。」翡翠小心地將門扉推開一道縫，一行人鬼鬼祟祟，一個接一個側身閃入臥室之中。

屋裡很黑，福星打開手機的ＬＥＤ燈照明。

「你說房裡有密室，在哪？」布拉德詢問。

「呃，我想一下喔……」福星摸著黑，打著燈，像無頭蒼蠅一樣在屋裡亂竄，摸索著牆上的暗門。

理昂輕嘆一聲，筆直地走向記憶中畫框旁的位置，伸手找到隱藏的把手，壓下。

喀啦。藏在畫後的門扉解鎖，緩緩滑開，露出通道。

「走吧。」理昂將門推開，率先走入。

穿越一小段下降的樓梯之後，另一個空間展現眼前。暗不透光的密室，裡頭傳來溼潤的氣息，還有，淡淡的血腥味。

手機微弱的燈光，照出了房裡物體的輪廓，但大部分的物品都沉浸在黑暗裡。眾人屏息，猶豫著是否要點燃油燈。所有人的心裡都抱著隱隱蠢動的畏懼，擔心著火光亮起，周遭會照出什麼樣血腥殘酷的畫面。

「噗。」不合氣氛的輕笑聲響起。

「笑什麼？」翡翠沒好氣地用手肘撞了身旁的洛柯羅。

「我想到一年級的事。」洛柯羅摀著嘴，呵呵輕笑，「和福星還有翡翠一起偷窺女澡堂的事。」

「喂！爬上去的只有你們，我可沒參與。」翡翠趕緊撇清。

「我什麼都沒看到！」福星也立即自我澄清，「雖然進了女浴池，掉進池裡，但是完全沒看到裡面的人，就被防禦系統傳送離開了！」

小花冷哼了聲，「聽起來你似乎感到可惜……」

「沒有沒有！」

「可是，有看到寒川就夠啦。」洛柯羅回憶起過往，嘴角漾著淺笑，「寒川真可愛，各方面都可愛。小鴨鴨也是，桃香的水池也是。啊，好懷念喔……」

「寒川也在女浴室？」丹絹在珠月耳邊驚訝地低語，「真是老不修還裝正太，他以為外表像小孩子就可以混進女浴裡嗎？」

「他是教授，或許這是他的權力之一。」珠月笑著幫腔，但越描越黑。

「不要做無謂的遐想！」寒川咬牙，對著洛柯羅憤憤陰吼，「請你閉嘴！還有，你說各方面都可愛是什麼意思！」他覺得自己的男性自尊被嚴重羞辱！

「真的超懷念的！」無視寒川的恐嚇，福星也跟著搭腔，回想起一年級時的種種回憶。「沒想到這麼快，已經兩年過去了呢……」

「你們要緬懷青春也看一下場合好嗎。」弗蘭姆沒好氣地制止，接著彈指喚出火燄。

手掌大的火燄照亮了屋內，展現出隱藏在黑暗中的巨大浴池。空蕩的房間什麼擺設都沒有，雪白的地面、雪白的牆，中央陷下了個長方形的浴池。

雪白的浴池裡，蓄著半滿的暗紅的水。

一行人站在池邊盯著浴池，不發一語。

「這算是證據嗎？」

「所以，她真的用少女的血洗澡……」

福星偷偷望向以薩，發現他臉色慘綠，像是希望破滅、被信任的人背叛一般。福星突然後悔自己對以薩說過那些話，後悔自己叫以薩相信麗夫人是無辜的……

「快點……」細小顫抖的哀求響起。

「怎麼了，妙春？」紅葉看著妙春，發現對方臉色發白，看起來極為恐懼。

「快點走……」妙春低著頭，不敢望向四周，「這裡，有很多人。」

「什麼？」

「這裡沒人，況且，我們現在身上有隱身的粉末，一小時之內，除了使用者之外，其他人看不見我們。」翡翠一邊安撫妙春，一邊推銷自家商品。

「那種東西，對它們沒用……」活著的人見不到它們，但是，咒語對死者無效。

燈光亮起的那一刻，她看見了守在房裡的人。穿著侍女服裝的女人們，像守衛一般排列在四面牆邊。以戒備的冰冷目光瞪著私闖的一行人。

「妙春，妳還好嗎？」

弗蘭姆盯著妙春，察覺出端倪。「妳看得見亡者？」

她沒想到妙春的能力是這個。視見逝亡者，這樣的能力在變異之子中也是非常罕見的。

妙春遲疑了一下，用力點頭。「快走！」她再次出聲催促。

眾人詫然，還沒來得及消化這驚人的訊息之前，布拉德靈敏的聽覺捕捉到外頭的騷動。「外頭好像有動靜！有人朝這方向靠近中！」

「麗夫人回來了？」該死啊！這下豈不人贓俱獲?!

「不要緊張，她看不見我們。」寒川壓低聲音，冷靜地指揮著，「保持安靜，往外頭移動！動作輕一點，別打草驚蛇！」

「不喝杯早茶再走？」隱含著冰冷怒意的詢問從門板旁響起。

回首，只見穿著黑色長裙的麗，傲然站在密道口旁，一臉寒霜。

她的目光掃視了屋裡一圈，輕笑，手指在空中快速地畫了個符文，接著抓起掛在胸前的十字架，兩手合起用力拍掌。

隱藏在空氣中，原本凡人不可見的存在體忽地現形，以空洞的眼神，冷冷地瞪著潛入者。

妙春驚叫了一聲。其餘數人也因震驚而愣愣。

「撤去那可笑的偽裝吧。」麗夫人好整以暇地緩緩踱入房間中央。「趁我還記得一點待客之道的時候。」

寒川等人互看了一眼，接著朝翡翠點點頭。翡翠輕嘆一聲，吟誦咒語，解開隱身的咒令。

眾人面色凝重，直視著麗，與之對峙。

「啊……」洛柯羅再度非常不合時宜地感嘆了聲，「還真的和一年級時一模一樣。什麼都沒看到就被逮到了。」

但這次沒人有心情吐槽他。

「我以為你們是可拉攏的伙伴。結果，最終仍是敵人。」麗夫人看起來相當平靜，表情冷漠，怒意之下，有著明顯的惋惜。「我得承認，赫爾曼這次派來的人馬素質比以往高許多。」

「並不是——」他們並不是赫爾曼派來的！

「這是妳所殺害的少女的血？」以薩不管場面混亂，不管情勢危困，一個箭步上前，一把抓住麗的手腕質問。

「以薩！」太莽撞了！

「放肆！」麗夫人甩開以薩，瞪著對方。

「為什麼要這麼做?!」

「我不懂你在說什麼！」麗夫人揮手，一旁的侍女死靈緩步靠近。

「妳什麼都擁有了，為什麼要殘害無辜的生命？既然要殺了她們，何必一開始擺出偽善的模樣，給予她們希望？」為什麼要給他希望？讓他天真地以為他可以證實家族的清白！

麗夫人的臉色變得陰沉。「這是我聽過最荒謬、最嚴重的羞辱！」

「以薩，你冷靜點！」布拉德和丹絹趕緊將以薩拉下。

「這其中似乎有些誤會……」寒川硬著頭皮，企圖和麗夫人交涉。

「你覺得你還有談話的籌碼？『團長』先生……」麗夫人冷聲嘲諷。她彈指，密布在整個城堡內的防禦咒令開始運作，雪白的牆上浮現泛著紅光的符陣紋路。

眾人立即戒備，準備抵擋隨時會出現的攻擊。眼看一場無法避免的戰鬥，即將展開。

外頭響起倉促紊亂的步伐聲，在空蕩狹長的長廊間迴盪，由遠而近，逐漸清晰響亮。

「夫人！」帶著狂喜、興奮的驚呼聲，伴隨著主人闖入室內，冒失並完美地打破了劍拔弩張的氣氛。

「有什麼事，瑟芬？」麗夫人看著來者，似乎有點不悅，又有些吃驚。

平時文質彬彬、斯文內斂的瑟芬，此時頭髮凌亂，衣服上面有許多深淺不一的汙痕，身上帶著一股詭異的藥味。

踏入房裡，瑟芬發現情況不對勁，當場錯愕。「妳喚出死靈？發生什麼事了？」

「我們的客人似乎住不慣客房。」麗夫人雙手環胸，冷眼看著福星一行人。「或許，不該稱他們為客人，而是敵人。」

「敵人？」瑟芬詫異，轉頭看向福星。「你是赫爾曼派來的？」

「這是誤會！」福星趕緊辯解，「我們和那個什麼赫爾曼的沒有關聯！」

「那麼，要怎麼解釋你們潛入這裡的原因？」

「只是想知道妳殺害這些少女的目的是什麼！」以薩咄咄質問，再度逼向前，面對著麗夫人。

「無禮之徒！」瑟芬衝上前，推開以薩。「這是最冒犯的指控！麗夫人從未殺過任何投靠她的人！」

「那這個血池是怎麼回事?!」以薩指著殷紅的池水，「她不是殺了那些女孩來血浴嗎?!」

「誰說那是少女的血？」瑟芬憤怒地推了以薩一把。「你分辨不出來嗎？那是闇血族的血，是麗夫人的血啊！」

眾人震愕，一時間不知如何面對這出人意料的事實。

除了理昂。他在踏入屋裡的那一刻，便嗅出那是闇血族的血。

以薩呆愣在地，他深吸了一口氣，閉上眼，分辨出血液中不屬於人的氣息。他睜開眼看著瑟芬，接著將目光移向麗。麗夫人坦然的表情肯定了瑟芬所言不假。

「妳沒殺人？」以薩小心翼翼地再次詢問，「妳真的沒殺人？」

以薩的反應讓麗夫人的怒意緩和了些，轉而變為好奇。

原本緊繃的神經，頓時放鬆。

「呃，所以說……」眼看氣氛似乎沒那麼緊繃，福星趕緊出聲，說出自己的假設，企圖緩和場面，「麗夫人沒有殺人，而這血池，是麗夫人生理期沐浴所造成的？」

丹絹用手肘用力捅了福星的肚子一記，「閉嘴！」

「你一開口立即讓整個談話水準下降……」小花冷哼。

「那確實是麗夫人的血。」瑟芬再次申明，「這裡沒有人類的血。」

「那，這血池是用來做什麼的？」以薩追問，口氣已不似方才緊迫逼人。

「你先回答，你們來這裡的目的是什麼？」麗夫人反問。

「證實傳聞。」弗蘭姆機警地開口，「因為外頭有謠言說妳會殺害少女，拿她們的鮮血沐浴，我們是來查證的。」

「赫爾曼派你們來的？」

弗蘭姆搖頭。「和他完全沒任何關聯。有人拜託我們找人，我們只是聽見傳聞，所以來這裡是看是否能找到線索。」她隨口胡謅了個理由。

理昂心虛地撇開頭，不願與麗夫人對上眼。

麗夫人長嘆一聲，自嘲地無奈嗤聲，「真是場鬧劇……」

「這血池是做什麼用的？」以薩急切地追問，語氣已轉為懇求。

他想知道，他想要知道一切真相！他要昭告世人，麗的清白、沃克家的清白！

以薩盯著麗，等待著答案。瑟芬則看著麗夫人。麗夫人微微點頭暗許。

於是，瑟芬開口解釋，「夫人把自己的血稀釋到池水之中。用來餵養那些無助的弱者。垂死、病弱的少女飲用了夫人的血便能病癒，並且延緩老化，擁有近似於闇血族的能力。」他望向周遭目光茫然的死魂，「但最終仍會走向死亡。」

闇血族的血對其他物種而言，有如仙丹靈藥，這是自古以來祕而不宣的事，因為闇血族不希望自己變成眾族眼中的肥羊，變成狩獵的對象。

因此，以血餵養其他族類，是闇血族的大忌。

「真的是這樣？」以薩不可置信地看著麗。

麗頷首默認。

「太好了……」像是繃緊的弦突然斷裂一般，以薩頹然跌坐在地，彷彿心中的大石落下。「妳是清白的……」

麗玩味地看著以薩，「你似乎很高興？為什麼？」

以薩盯著麗，無法回答。

「那，冒昧請教一下。」弗蘭姆開口，插入兩人的談話，「為何這些死者仍駐留於人世？」

「噢，那是瑟芬的傑作。死靈的詛咒是特殊生命體的剋星，如果能讓它們停留在人世，那麼將是無敵的軍隊，不過，還只是半成品。雖然能讓它們駐留於人世，卻沒有情感，沒有思考能力，也沒有影響物質界的力量，說難聽點，只是個會聽令的花瓶。」

麗夫人苦笑，看著身後謙卑站立的死靈侍女，眼底帶著慈愛與歉意。

「雖然這樣對她們很失禮，可這樣的話，就好像她們還在身邊一樣，未曾離開過……」這是她小小的私心。她不捨她們的離去。

妙春看著麗，又看向周遭的死靈。她知道，雖然那些侍女們看起來是個空殼，可其實還存在著薄弱的情感。她們沒有思考能力，但是本能地想保護麗，就像麗夫人當年保護她們一樣。

她們知道妙春看得見，所以故意現形，想要嚇阻這群來路不明的不速之客。

「不是半成品，夫人。」瑟芬輕語，壓抑著話語裡的興奮與狂喜，冷靜宣告，「已經成功了。鎮魂鐘製造的關鍵咒語，已經解開了……」

「鎮魂鐘」這個詞像是掉入鐵沙中的磁鐵，瞬間抓住所有人的注意。

眾人不動聲色，靜靜地聽著兩人的對話。

「真的？」麗夫人顯得喜出望外，嘴角綻出由衷的笑容。「這是今早最好的消息。」被麗夫人稱讚，瑟芬顯得既欣喜又靦腆。他不好意思地輕咳了聲，「福星，你跟我來。」

「啥？」突然被點名，福星有些措手不及。「我？」

「昨晚你施的咒語，成功了！」瑟芬激動興奮地牽起福星的手。「拜託你再試一次，我必須將咒語運作的過程記錄下來，封入媒介的銀鐘裡！」

福星有些錯愕。他感覺到伙伴們困惑的目光集中在他身上，但他自己也一頭霧水。

他施的咒語，是鎮魂鐘運作的關鍵？騙人的吧?!

寒川對福星暗暗點頭，示意他順著瑟芬的話語做。

「喔好……」福星遲疑了一秒，走向瑟芬，跟在他後方。

瑟芬向麗夫人簡單地行了個禮，告退。

麗夫人轉頭，望向留在原地，顯然有些尷尬、進退兩難的寒川一行人。

「各位還要留在這裡？還是，來頓早餐？」

「呃，抱歉，打擾您了。」這麼詭異的處境，寒川不知道要怎麼回應，說話有些支吾。

「不會。」麗夫人的態度顯得坦然大方。「現在你們查出結果了，要離開了？」

「呃，不，我們可能還得再多留幾天。」寒川努力地想著留下的藉口。

時辰未到，他們必須留下，見證鎮魂鐘最終的下落。

麗夫人笑了笑，也沒追問，「我不討厭你們，可以的話，我還是很希望諸位能留下。」

「夫人如此抬舉，讓我們不勝感激。」寒川恭敬地給了個婉轉的答案，「我們會認真考慮的。」

在麗夫人的目送下，一行人匆匆退離房間。

雖然探知了歷史的真相，但並未讓眾人對整個局勢有所掌握，反而是落入了更混亂的困惑當中。

「所以，麗夫人是清白的？」

「那歷史是怎麼回事？」

「鎮魂鐘是瑟芬做的，而且福星是關鍵？」

「感覺……有點不對勁。」丹絹皺著眉，偏頭沉吟，「我們的出現，究竟是干擾了歷史發展，還是穩定了歷史、走在既定的道路上？」

「還有一個問題，」弗蘭姆冷冷地提出眾人一直迴避的問題，「賀福星到底是什麼人？」

眾人不發一語。這是環繞在每個人心裡的問題，但是沒有人想去面對，沒有人想去探究。

「他是我們的伙伴。」理昂果斷直言，「就這樣。」語畢，逕自離去，返回自己的臥室之中。

二度拜訪瑟芬的工作室。福星驚訝地發現，才隔一天，這實驗室竟然比上回更凌亂了幾分。寫滿算式和符文的紙團，一球一球地零散分布在桌面與地面，原先潔淨的玻璃瓶與試管、容器裡，殘留著混濁的藥劑和氣體。

「你剛說咒語成功，可是我記得那個瓶子沒有任何變化，」福星站在角落，等著瑟芬交代接下來的指令。「還有，鎮魂鐘……那是什麼？」

「讓魂魄留於現世的器具。」瑟芬從房屋深處搬出一個和鞋盒差不多大的木製箱子，箱上燙著暗銅色的紋路。「我研究快十年的東西。」

木箱打開，裡頭躺著一只純銀的鐘。

「剛剛你所看見的侍女靈魂，只是一部分。這城堡裡的居民數遠超過你的想像，平時我讓她們隱去身形，只在有必要時現身。」瑟芬攤開一張以白色顏料畫著符陣的黑羊皮，將鐘鈴放在中央。「就像麗夫人說的，我只能讓她們的形體留在人世，沒有實質的功用，頂多嚇唬人。」

「她們是如何停留在世上的？」

瑟芬停下動作，看向福星。「給你看個祕密。」

他向架上打量了一番，隨手拿下一個裝著擁有鮮豔外皮的箭蛙的瓶子，接著，拿起桌上的尖錐，刺向蛙背，小小的生命立即斷滅。

「呃?!」

「看著。」瑟芬朝著福星露出促狹的淺笑，放下尖錐，拿起拆信刀，在指尖劃開一小道傷口，將血液滴在溼涼的蛙屍上。

一條淺淺的細霧像蠕蟲一般，從青蛙的口中鑽出，盤旋團繞，聚成一團，成形，現出一隻一模一樣的箭蛙。

「呃！這是？」福星驚訝地看著青蛙，不可置信。

瑟芬舔去指間的血，輕聲解釋，「我的血能讓死者駐留在世界上，但也僅只如此。駐留的靈魂不像活人一樣能夠思考，只保有最原始最單純的情緒反應，接受著指令行事，最重要的是，它們就像霧氣一樣，對物質界的東西起不了影響。」它們碰不到現世中的一切，現世中的人也無法觸碰到它們。

「這樣啊。」福星點點頭，看向瓶裡的青蛙。「那我上次施展咒語的空瓶子……」

「裡頭有一隻蝴蝶的靈體。你離去之後，蝴蝶不僅自動顯現身形，當它飛降在葉片上時，讓葉子顫動了。」

瑟芬認真地看著福星，「身為變異之子，你的混沌之力能反轉它的屬性，讓靈體具現，並且擁有影響物質界的能力。」

「那你呢？瑟芬……」福星不安地問著，「你是誰？」人類會擁有這樣的能力嗎？

「我不知道……」瑟芬低下頭，「我以為我是人類，來自被黑死病襲擊的荒破村莊，生來只為等死的軟弱生物。小時候我常會做夢，夢見我在前世，還有好幾個前世都是地位很高的人，像國君一樣，統御著千萬個下屬。除了這些，還有很多的知識，都在夢裡保存下來，直接留在我的記憶裡。」

他輕嘆一聲，「不過，被麗夫人救了之後，漸漸地我不再做那些夢了，只剩那些知識還留著。我想，或許那些夢和我的身世有關吧。但是我對那沒興趣，以後等我閒到發慌時，或許會去研究一下吧。」

他活著只有一個目的、一個夢想，那就是為麗夫人效力，完成麗夫人的願景。

瑟芬的話語牽動了福星的心，引起了共鳴。

他也一樣。在進入夏洛姆之前，他一直以為自己只是普通的人類。

「完成後的鎮魂鐘，有什麼效果？」

「融入我的血液和你的咒語，只要搖鈴，就可以喚回死靈，讓它們擁有影響現世的力量。」瑟芬拿出帶著孔雀藍的原石，在羊皮上加上其他的符文和法陣。「在駐留於世的靈體上附加其他咒語，就會成為對特殊生命體擁有致命咒毒的絕對兵器。」

「製造這麼危險的咒具，麗夫人到底打算做什麼？」福星好奇，是什麼樣的目的計畫，必須利用到這樣的工具。

瑟芬沉默，靜靜地凝神，繼續著手邊刻畫符文的動作，在勾勒出最後一筆印記時，開口，「麗夫人要向人類宣告特殊生命體的存在。她想終止世上的戰爭。」

福星錯愕，他沒想到是這樣的理由。

「為什麼？」

「她想向人類證明，世界上不只有人類。『人類』本身就是個群體。以信仰、種族或是其他利益為名劃分族群，展開戰爭，自相殘殺，是非常荒謬且可笑的。」

「這樣的話，難道她不擔心人類團結起來，攻擊特殊生命體？」

「麗夫人相信，如果讓人類明白特殊生命體是無害的，人類便不會發動攻擊，挑戰實力比自己強的物種。」瑟芬放下原石，「所以需要這只鐘作為鎮壓的籌碼，確保特殊生命體不敢妄動。」

他笑了笑，略為靦腆地繼續說著，「其實不只是這些理由，這還包括了我的一點私心。我的生命有限，我希望我死後仍能為麗夫人效力。這只鐘能夠讓麗夫人召喚回我，讓我繼續為她效勞。」

福星盯著瑟芬。他看得出來瑟芬深愛著麗，超越了男女之情、親情、友情，純粹想為對方奉獻，純粹希望讓對方幸福的愛。

瑟芬伸出手，示意福星將手掌放在鐘上。

福星靜靜地照做，思索著麗夫人的所作所為。

讓人類知道特殊生命體的存在，這樣是正確的選擇嗎？當人類知道自己不是地面上最強大的物種，會有什麼反應？他們會接受在物種金字塔上，有其他生物站在比自己更高的位階上嗎？

瑟芬開始吟誦咒語，福星跟著複誦，咒語和上回吟唱的內容大同小異，只是有部分的音節和段落稍微改變了。

烙在銀鐘上，細密如絲的符文線條，亮起淺橘雜著青藍的細光，隨著咒語的吟唱閃耀，隨著咒語的吟唱黯滅。

當最後一響唄唱終止時，銀鐘迴震起一聲悠揚的鳴聲，像潮水，漸近，又漸遠。

扭轉世局的鎮魂之鐘，於焉完成。

離開瑟芬的實驗室，回到寢室。一開門，福星發現所有的成員都待在房裡，像是守在產房外的丈夫，急切地追問醫師結果。

「瑟芬製造出了鎮魂鐘？」

「你有看到鈴的功效嗎？」

「他製造鎮魂鐘的目的是什麼？」

福星連連退後，「慢著慢著，先讓我休息一下好嗎。」

坐定之後，他盡己所能地把方才瑟芬所告訴他的事，一一重述。

眾人聞言，反應和福星乍聽時一樣震驚。除了理昂，始終維持著淡然。

「沒想到麗夫人竟然有這樣的計畫……」寒川低吟。即便是在三百年後，向人類表明身分仍是特殊生命體界相當忌諱的事。

這麼一來，麗夫人的名聲被抹黑扭曲的原因，顯而易見。

「如果是瑟芬為了麗夫人製作鎮魂鐘，那麼鈴應該會留在城堡裡。」布拉德提問，「所以，我們的任務完成了？」

「還沒。」弗蘭姆立即否定，「如果已窺知關鍵的歷史，那麼時空之道會將我們送返。我們還留在這裡，就表示關鍵的事件還沒發生，我們仍有留下來的必要。」

「還會有什麼事啊，感覺已經很明朗了。」翡翠抓了抓頭，「應該不會是咒語出錯了吧？」

弗蘭姆不語，不排除這樣的可能性。

「現在該怎麼辦？」

「老話一句。」寒川起身，「靜觀其變。」

本以為所有的謎團都已解開，接下來可以平靜地等待歸返，但入夜後，瑟芬在晚餐時間宣布了自己要出遠門的訊息。

「我得去羅馬尼亞一趟。請容我告假幾日。」

「為了亞伯蘭特，那個妖化的人類薩滿巫？」麗夫人挑眉，「鎮魂鐘，不是已經完成了？」

「完成，但未完美。它還有一些小瑕疵，必須去請教老師，畢竟鎮魂鐘這個概念最早是他提出的。」瑟芬恭敬地回應著，「預計一週內會回來，這段期間無法照顧夫人，懇求夫人諒解……」

「你別顧慮太多。」麗夫人淺笑，「需要帶護衛嗎？我等會兒找斯坦談談，他應該願意陪你走一趟。」

「我可以保護自己，夫人。」瑟芬眉頭微蹙，似乎很不喜歡自己被過度保護，「我已經不是孩子了……」他有能力保護自己。有能力保護他敬愛的人。

「是嗎。」麗夫人笑著，回憶起和瑟芬相遇的那個夜晚。不知何時，那孱弱瘦小的孩子，竟然已經成長為男人了。

人類變得太快，雖然瑟芬因為闇血族的血而延緩了老化，可成長速度還是比闇血族快太多了。

「就照你的意思做吧。」麗夫人苦笑。

「謝謝您。」

次日清晨，天才剛抹上一層淡淡的奶白色日光，瑟芬便準備啟程。

來送行的只有幾個侍女，還有福星。

「麗夫人她沒來送行呀？」福星有點意外。

「如果只是出去幾天，馬上就回來的話，不必送行。送行，感覺像是以後見不到面似的。」綁著雙麻花的侍女回答。看來早些時刻，她已問過麗夫人一樣的話。

瑟芬不以為意地笑著。他了解，這是麗夫人婉轉而含蓄的任性，透過這樣的舉動暗示著她希望他盡快回來。

將行囊安置好之後，瑟芬俐落地跨上馬匹，對著福星認真而鄭重地請託，「我不在的期間，麗夫人就拜託你們了。」

「我會盡力的！」福星信誓旦旦地回應，但話才出口，立即心虛。

歷史上記載，麗夫人是被闇血族斬首焚燒而死的。

希望這段歷史也是捏造的……

瑟芬出發後，麗夫人看起來和平常無異，但福星看得出來，麗夫人美豔的笑容裡，帶著一絲落寞。就像以前芙清遠離家鄉到海外求學時，留在家裡的琳琳。

福星忍不住想要逗麗夫人開心，就像芙清不在時，他負責逗琳琳開心一樣。

「妳看過關了！還要再來一首嗎？」福星握著ＰＳＰ，開心地將畫面遞到麗夫人面前。

用完餐後，福星主動跑去麗夫人的寢室，說要表演神奇的「東方祕術」，於是，便拿著ＰＳＰ獻寶。他點開自己最愛的節奏遊戲，一首一首地玩給麗看，讓歡樂的電子音樂充斥在屋裡。

「太神奇了！」麗夫人既驚訝又開心，「這比維也納最好的工匠做出來的音樂盒厲害上數十倍！」

「要試試嗎？」

麗夫人遲疑了一下，點頭，接下福星的遊戲機，興致勃勃地嘗試著這風靡未來青少年文化圈的神兵器。

久違的歡笑聲，從麗夫人的房間裡傳來。

因好奇兼擔心，而偷偷守在屋外的伙伴，聽著屋裡傳出的聲音，不禁讚賞。

「這小子真有兩下子。」布拉德咋舌。

翡翠搖頭，「根本是人妻殺手。」

「我聽到他說要展現什麼『東方祕術』時，還以為是和印度愛經同一掛的事……」紅葉呵呵輕笑，「哈，果然是我誤會了。」

妙春盯著空無一人的走廊。

隱身未現的侍女亡靈，平板漠然的臉上，似乎揚起了一絲絲難以察覺的笑容。

次日，和前一日一樣，風平浪靜地過去，夜晚，用過晚餐後，福星再度跑去麗夫人的房裡。

「這首歌再一次。」麗夫人指著畫面，對著福星開口，「我很喜歡它的旋律。那個小演員演得不錯，我喜歡這個故事。」

「噢，可以呀。可是這首歌是悲劇，要不要換一首？」

「看起來似乎是。」麗夫人接下福星手中的ＰＳＰ，「可是，最後荒蕪的大地上開起了花，而且那個女孩笑了。」

福星看了看麗夫人，再次播放那一首曲子。

「福星。」

「嗯？」

「你們一定得走嗎？」

「呃，是……」福星為難地回答。

「是要返回家鄉嗎？」

「是……」

「大明帝國？」

「嗯……」福星含糊地應聲。

麗夫人撐著頭，笑看著福星。「福星，你一點也不會撒謊，藏不住話。」她伸手摸了摸福星的頭，「雖然知道你們隱瞞了許多事，但我很喜歡你們。」

「真的很抱歉。」

「你們是這個世界的人嗎？」麗夫人低聲輕問。「還是來自更久遠之後的時空呢……」

福星抬頭，驚訝地看著麗夫人。

麗夫人笑了笑，「雖然不像瑟芬那麼聰明，但我也知道不少東西。圖書室裡的書，我全看過。從你們的言談和外表，還有隨身物品，推想一下，並不難歸納出結論。」雖然這個結論非常誇張、荒謬。

福星不語，不知該如何開口。

「不用緊張，我不會為難你，不會要你說出未來發生的事，影響歷史。」麗夫人坐直身子，認真地開口，「我只想問你一個問題。」

「什麼？」

「在未來，特殊生命體——」

是否能和人類和諧共存？

話語未落，有如洪鐘一般的鳴響聲從屋外響起，響徹整個克斯特堡。

「什麼聲音?!」福星慌亂起身。

「是防禦咒語發出的警報。」麗夫人臉色一凜，「敵人來襲。」

巨大的符文浮映在城堡外牆，亮起令人不安的紅光。

「啪！」符文震盪起有如漣漪般的波動，整個城堡的玻璃，嵌合在玻璃內的防禦符文為之碎裂。

麗夫人跳下床，抽出掛在牆上的劍，威風凜然地開門。

門外，訓練有素、早已換上兵甲的侍女們恭敬等候著，迎接她們的總指揮，為她披上戰袍。

「夫人——」

「回你房間去。福星。」麗夫人柔聲交代，「下回再聊。」語畢，抽出侍女再遞回的佩劍，衝向前線。

炮火聲響起，福星回過神，趕緊衝向寢室的方向。才到寢室外的樓梯，就看見伙伴們已經站在長廊上，整裝待發。

「現在是什麼狀況?!」

「麗夫人的敵人出兵了。」寒川側站在窗邊，瞇起眼望著外頭的敵兵。「對方很難纏，不只是一般軍武，隊伍裡有好幾個高段的魔咒師。」

「領頭的是什麼人？」

「不清楚，有妖精，還有山鬼……」弗蘭姆向後一躍，剛好閃開躍入屋中的矮妖。

拿著巨斧的矮妖一落地便旋身朝周遭的人劈砍，弗蘭姆輕躍而起，躲過攻擊，並順勢拔下嵌在牆上的燭臺，朝矮妖的頸後敲去。

一聲難聽的慘叫之後，肥短的身軀倒地，但攻擊並未就此停止。

長著透明翅膀的下等精靈凱爾派手持尖刃，像飛蛾一般接連躍入屋中，見了人便不由分說地揮刀相向，招招致命。

夏洛姆學園的人馬立即阻擋攻擊，展開激戰。

理昂一邊防守，一邊緊咬著下唇。

他原本打算明晚獨自前去敵營，阻止赫爾曼的進攻，阻止眼前的情況發生，但他不懂，為什麼會提前出兵？照文森的說詞，赫爾曼的軍隊還要再三天才會出動。

他望向軍隊，只見軍隊前方、袍上繡有長老圖騰的一名老者旁邊，站著一臉耀武揚威的文森。

該死，那傢伙是長老的人馬。就算他真的是赫爾曼，那個小人也會回去向長老們稟報。他的謊言一下子就被拆穿……

「不能殺死他們！」寒川提醒，「我們只能讓敵人受傷，我們不能在這時空造成無法挽回的痕跡。」

「怎麼這麼麻煩！」本來打算扭斷水妖脖子的布拉德鬆手，往對方腦後用力一敲，讓對方陷入昏迷。

眾人陷入火熱交戰，對方的人馬一一倒下，福星趕緊趁著空檔衝回寢室，接著捧著他的背包，奔回戰場。

「拿去！」福星掏出槍械，快速而俐落地填裝子彈。「一人一把。」

「你自己留著用！」翡翠拉出一道風壁，擋在福星身前。「去安全的地方躲著！」

「我怎麼可能做這種事！」福星憤然怒吼，對著翡翠的方向，開了一槍。

「啊！」痛苦的哀鳴聲在翡翠身後響起，肩部中彈的凱爾派手中的長劍掉落在地。但他立即抽出腰上的短刀，準備繼續發動攻勢。

福星將槍口瞄準對方的軀幹，打算在對方身上留幾個嚴重的傷口。正要開槍時，寒川再度大喊，「不能殺死他們！也不能讓他們受到足以致命的重傷！這時代醫療不發達，太大的傷口也會讓他們因細菌感染而亡！」

福星停頓了一下，「好吧。」接著，將槍口下移了幾吋，扣下扳機。

「砰！砰！砰！」

「啊——」慘叫聲響起，敵手扔下武器，雙手摀住自己受重創的下體。

連續幾聲槍響，站立著的侵略者全都跪下，痛苦地壓著兩腿之間呻吟。

確認眼前的入侵者皆無法再戰，福星鬆了口氣，收起槍。

「太強了！」丹絹用力拍手稱讚。這是很罕見的事。

「幹得好！福星！」布拉德用力地拍了拍福星的肩。

「你終於派上用場了！」翡翠嘖嘖稱奇。「卵蛋殺手！胯下的死神！」

「難聽死了！什麼爛封號！」福星斥喝，但嘴角是笑著的。

和伙伴一起戰鬥的感覺，很棒。

雜沓的腳步從樓梯下方響起，預示著下一波的攻擊即將來臨。眾人互看了一眼。

「上！」

當城堡東翼的福星等人陷入苦戰時，位於主堡最高層的麗，砍下了最後一個攻擊者的頭。

麗夫人身上全是血。敵人的血、自己的血混在一起，涔涔滴下。

周遭的地面上躺滿了人。敵人、自己人。醜陋的矮妖、水妖，和纖瘦的少女們，雜亂地橫躺在地。武器不同、種族不同，唯一相同的是，被利刃刺中要害後，逝去的生命。

只有死亡是公平的。

麗夫人重重地喘著氣，劍刃插在地面，支撐著身體。身後傳來細小的腳步聲，麗夫人拔劍，警戒地回頭。

只見瘦小的艾瑪瞪大了眼，戰戰兢兢地看著麗。

「請、請往這裡走……夫人……下一批敵兵馬上就要到了，您快點逃。」艾瑪身上毫髮無傷，她顫抖著開口，「敵人從北面來，您從西南面的林子離開，馬匹已經備妥在那兒了……」

「是妳嗎？艾瑪……」麗夫人苦笑，話語中並沒有責備，只有無限的惋惜。

艾瑪低下頭，「對不起……」淚珠，一顆顆掉落。

「妳沒有錯。有罪的是利用妳的人。」麗夫人伸手，企圖用袖口擦去艾瑪的淚水，但浸染了血的衣袖在對方雪白的臉上，擦出一道血痕。

「哎呀，抱歉，弄髒妳的臉了。」麗夫人輕笑。「我還記得妳是前年聖誕夜裡加入的。妳的廚藝連宮廷裡的大廚都要甘拜下風，妳的到來是最棒的聖誕節禮物。」

艾瑪抬起頭，激動不已，「夫人！快走吧！我幫妳斷後！」

「不行，怎麼能走呢。」麗夫人輕嘆一聲，「走了的話，留在這裡的大家該怎麼辦？」她停頓了一秒，細聲低語，「而且，瑟芬還沒回來……我必須等他……」

「夫人——」艾瑪哀求的眼神一變，她抓住麗夫人的手，用力將她推到自己身後。

慘白冰冷的長劍，無聲無息地刺穿了艾瑪的軀體，血沫濺上了麗夫人的臉。

艾瑪緊抓著劍鋒，嘴裡吐著血，「快走……夫人……」

持刀者用力地揮刀，將艾瑪掃開甩向地面，倒地後的艾瑪重咳了兩聲，便不再動了。

麗夫人看著躺在地面的艾瑪，緩緩地抬起頭，望向來者。

「人類這種生物根本不值得信任。」穿著深藍色鎧甲的男子，甩去刀刃上的血。「妳還想要幫助這樣的種族，和他們平起平坐嗎？」

麗夫人勾起嘴角，冷冷地吐出對方的名字，「赫爾曼．夏格維斯……」

「好久不見了，麗。」赫爾曼像紳士一般優雅地彎腰，鞠了個躬。「妳還是一樣美豔動人。」

「你還是一樣令人作嘔。」

赫爾曼不以為然。「妳的所作所為太偏激了。這讓很多人非常不安，擔心妳會動搖既定的秩序與和平。」

「最不安的人應該是你吧。」麗夫人冷笑。「想要世界和平的話，只要您自殺就能得到了。」

「彼此彼此。咱們都是世界的亂源。」赫爾曼勾起嘴角。「但是，我希望世界是照著我的方式混亂，而不是妳的。」語畢，冷不防地抽刀，朝麗夫人揮去。

麗夫人立即閃避，但疲累和傷勢讓她動作不再敏捷。

利刃在她的手臂上劃下一道深深的切痕，麗夫人皺起眉，勉強拿起劍防守反擊。

但她節節敗退，不斷退後，退出了大廳，被逼至死角。

「鏗！」赫爾曼一記橫劈，打掉了麗夫人手中的劍。

「真不幸。」赫爾曼舉起劍，靠向麗夫人的臉。

「砰！」

一聲巨響襲來，赫爾曼握劍的手被打出個窟窿，汩汩地流血。

他低吼，望向攻擊的來源。

麗夫人驚呼，「以薩?!」

「不准動她。」以薩站在樓梯上，舉著槍，對著赫爾曼的腦門。

「不要輕舉妄動！」寒川拉住以薩。「你不能殺了他！」

麗夫人趁著空檔，脫出赫爾曼的挾制，奔入大廳內。

赫爾曼不顧以薩等人，緊追在麗夫人身後。

「麗——」以薩舉步狂追，快速登上階梯頂端，打算制止悲劇的發生。

就在此時，一陣有如齒輪運作的清脆聲響，從四方響起。

光線從福星等人的身上浮現，藍色的光像是水流一樣，包覆著眾人的身體。

「時間到了！」弗蘭姆盯著自己的手掌，「該回去了。」

以薩回頭，一臉驚愕。

不行，還不能走，他不能丟下麗——

他不顧身後人的叫喚，繼續奔向主廳，但身體的色澤逐漸變淡。他伸手要拉開簾幕，但手卻穿透了布帛。

還沒，還不行……

SHALOM ACADEMY

Epilogue

遭扭曲的真相。

影響未來的過去，影響過去的未來

SHALOM ACADEMY

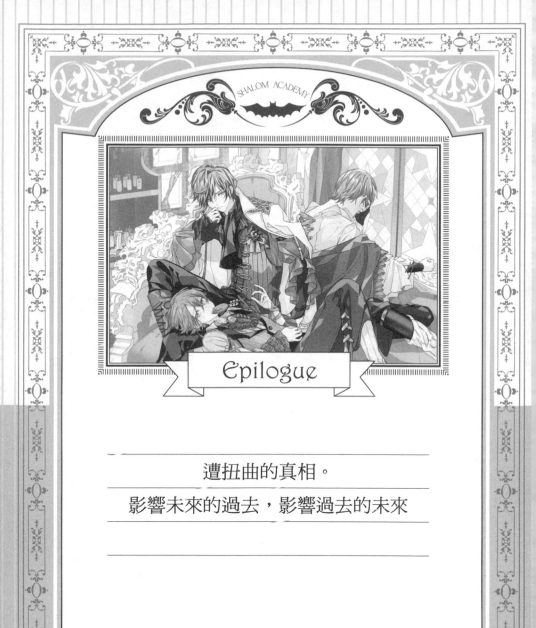

刺眼的白光閃耀，讓眾人睜不開眼。當他們再度睜開眼眸時，發現自己正浮在空中，周遭的景物像快轉的影片快速閃動，光彩遍布上下四方，讓人分不清方位。

「現在是什麼狀況？」

「後續的碎片。」弗蘭姆張望著周圍的光流。「時空之帶，正快轉到下一個時間點。破碎而不連貫的關鍵時刻。」

當畫面停止閃動，眾人發現自己正處在一座廣場上。

夜裡，架高的臺上，麗夫人被捆綁著，底下堆滿了柴薪。

穿著祭司服的男子站在臺下，朗聲宣讀著麗夫人的罪狀。

「……誘騙無辜人類加以虐殺，並汲取她們的鮮血沐浴。此外，妳還殺了數十名審判團派遣到妳宅邸調查詢問的書記員。」

「不，不是！那些人哪是書記員！那是殺手，是軍隊啊！」以薩大喊著，為麗夫人辯駁。

但沒人聽得見他的聲音。

祭司繼續宣告，「……我宣判，以死亡洗清妳的罪孽。」

拿著大斧的劊子手，緩緩步上木臺。

「不——」

周遭影像再度扭曲、閃動。

光流停止時，場面回到了克斯特堡，破滅、染血的克斯特堡。

刺眼的日光下，孤單的人影不可置信地盯著殘破的城堡。是瑟芬。

抱著成功的喜悅歸來的瑟芬，迎接他的是一片死寂。

福星發現瑟芬的右眼纏著繃帶，白色的布條上，滲著點點血跡，他的左手也被纏裹，原本的小指處空蕩蕩的。

瑟芬停頓遲疑了許久，踏出沉重的腳步，像踩在荊棘之路一般，一步一步，踏向殘酷的現實。

畫面第三次閃動。

這次場景是未知的山丘上，一片白雪靄靄。

披著斗篷、獨自在雪白大地上行走的瑟芬，面容明顯地蒼老了許多，原本斯文的臉，籠罩著陰鬱深沉的氣息。

忽地，一群人馬從後方追上。瑟芬停下腳步，頭也不回，面無表情，靜靜地等著來者走向自己。

是山賊，或是旅人，對他而言都毫無意義。

穿著雪白斗篷的人下馬走向瑟芬，將之包圍。瑟芬冷眼看著來者。

其中一名似乎是領導者的男子，盯著瑟芬片刻，發出了一聲激動的低吟。「我找到你了，宗長……」

瑟芬挑眉，「宗長？」顯然他對這名稱感到莫名其妙。

男子脫下斗篷，露出底下的軍袍。

在一旁靜靜觀看的福星一行人，同時倒抽了一口氣。

雪白的袍子上，繡著淨世法庭的徽紋。

「白三角……」福星驚訝地盯著對方。

男子在瑟芬面前單膝跪下。「您是我們要找的人。」他抬起頭，以崇敬的目光看著瑟芬。「淨世法庭的第七任宗長殿下。我們已經找您三十多年了。」

「效率真差……」瑟芬譏笑。他盯著面前的隊伍，打量著他們的服裝，「我在夢裡見過你們的同伴。」夢裡，他統御的兵團，袍上全都繡著相同的徽紋。

「萬分抱歉。」男子自責地低下頭，「之前一直找不到您，是因為您身上的靈氣被陰獸的血給玷汙了，所以靈儀和占師都測不到您的位置……」

「陰獸？」瑟芬對這個詞彙感興趣。

「是的，邪惡、黑暗的生物。」

「你是說赫爾曼那些人嗎？」瑟芬追問。

男子停頓了一下，「是的。」

「當宗長，要做什麼？」真的和夢裡一樣，要統管這麼多人？然後呢？

「領導淨世法庭，消滅陰獸，大人。」男子果斷而嚴肅地開口，「他們的存在是種罪孽。」

瑟芬挑眉。消滅陰獸？消滅罪孽？

對。沒錯。赫爾曼有罪，那些人全都有罪。他們毀了麗，毀了那至善的具現。有罪！

瑟芬咬牙輕喃，「我要徹底殲滅他們。」

男子對瑟芬的話語感到振奮，起身。「大人有這般壯志很好，但那些人不容易對付，我們得從長計議——」

「不要指使我。」瑟芬斥喝，「我知道怎麼對付他們。」他過去的大半生都在研究這個。

他拿出揣在懷裡的鈴，原本是銀白色的鎮魂鐘，此時是深深的黑褐色，有如濃血乾涸的顏色。

瑟芬吟咒，搖鈴，一名穿著深紅禮服的女子忽地現形，美豔精緻的臉蛋上，雙眼的部位卻蒙著寫滿符文的布條。

福星等人立即認出那是麗夫人，麗夫人的死靈。

「沒想到宗長大人竟有役鬼之力！」男子讚嘆地看著麗夫人的死靈，「但是，淨世法庭裡也有專屬的役鬼使和巫師。操控亡靈這些事，交給他們就行了。」

他朝身後的隊伍點點頭，一名異教的巫師立即抽出符紙，召出三隻齜牙咧嘴的厲鬼。

瑟芬冷笑，「別拿我的麗和那些垃圾相提並論。」

麗夫人旋身，有如跳舞一般，手掌一劃，三隻厲鬼的頭顱立即掉落。

巫師見狀，趕緊再喚出其他鬼使。

瑟芬揮手，麗夫人輕輕鞠了個躬，消失。

鬼魂飛向麗夫人消失的位置，想抓住最後一絲身影。

瑟芬抽出腰上的短刀，以刀柄敲擊鎮魂鐘。

不和諧的金屬聲響起，飄浮在半空中的魂體發出刺耳慘叫，接著像是燃燒後的灰燼一般，片片剝落、消失。

下一刻，在眾人仍處於震驚的時候，瑟芬順手將手中的短刀，射向巫者的咽喉。

「啊！」垂死的悲鳴響起。

福星等人，包括淨世法庭的人馬，無不震愣。

「行巫術喚鬼的，是異端。」瑟芬凜然開口，「不能存留，一併消滅。」

他要肅清這個世界！這個毀了麗的世界！

淨世法庭的成員愣了幾秒，發出欣喜而振奮的歡騰，紛紛在新一任的宗長面前跪下，臣服。

光影再度閃動。

這一次光波消散後，出現在眾人眼前的，是熟悉的場景。

麗夫人的臥房，陳舊昏暗的臥房。地面上畫著繁複符文，擺著珍貴咒具的法陣，逆返時空的法陣。

福星一行人彼此互看，不發一語，仍處於得知真相的震驚之中。

「所以，鎮魂鐘在淨世法庭裡？」翡翠率先舉手發問，「這要怎麼拿取？」

「我的任務已完成。」弗蘭姆看向寒川，「其餘的你自己向藍思里報告吧……」

她走向角落，那兒放著她的工具箱。她拎起箱子，取出放在裡頭的精緻懷表。「十點四十八分。我們離開了七分鐘。」

「才七分鐘喔？」洛柯羅驚訝地開口。

「七分鐘，已經夠久了。」

「這就是歷史的真相？」丹絹仍沉浸在方才的震撼之中。

「那都是過去的事了，所有的事都已經結束了。」布拉德開口。

「還沒結束。」以薩忽地開口。他盯著理昂輕聲詢問，「大廳上的那個男人，攻擊麗的那個人，為什麼和你長那麼像？」

理昂不語。

以薩繼續追問，「為什麼，他身上的戰甲刻著夏格維斯的家徽？是我看錯了嗎？」

理昂沉默了片刻，「你沒看錯。」

他像自首的嫌犯一般，無奈而坦然地看向以薩，「因為他是赫爾曼．夏格維斯，我的祖父。」

「你都知道？」以薩輕聲質問。

理昂沉默。

以薩咬牙，拳頭緊握，一個箭步衝向理昂。

「不要這樣，以薩……」福星擋在以薩和理昂之間，「有話好好說，這其中一定有誤會──」

以薩一把將福星推開。

福星跌坐到一旁，吃痛地撫著自己的膝蓋，珠月趕緊上前關心。

理昂皺眉，陰聲低吼，「不要遷怒無辜的人。」

「要吵你們自己去吵，我受夠了。」弗蘭姆冷眼看著理昂和以薩，重重地哼了聲，「體力這麼好，去旁邊打一場死一死算了。」

以薩看著坐在地上的福星，眼底露出歉疚的神色。

「對於你祖母的事，我很抱歉……」理昂低語。

「不用抱歉……」以薩冷冷地瞥了理昂一眼，「同樣地，我也不會為我接下來的決定道歉。」

紅葉不安地追問，「你這是什麼意思？」

「夏格維斯家玩弄天下於股掌間太久，」以薩瞥了理昂一眼，「是該有人教一教他們如何收斂了。」語畢，旋身，傲然離去。

福星看著以薩的背影，又看向理昂。

理昂面無表情，冷若冰霜，就像一年級剛入學時一樣。

福星覺得腦子一片暈眩，有種不真實的感覺。

他好像聽見，某個碎裂的聲音。

他好不容易築起的，珍惜已久的東西。

連繫在他與伙伴之間，名為羈絆之物。

——《蝠星東來VI妖怪時空任務》完

Side story

換室友比換枕頭更讓人睡不習慣・下

以薩覺得頭昏腦脹，思緒和意識被黑暗籠罩。

他想要找尋亮光，找尋任何光亮而耀眼的東西來將這黑暗點亮。他想起了那細細長長金光閃閃的髮絲、白皙的肌膚、還有那雙靈動的翠綠色雙眼——

你必須和所有事物保持距離，你必須孤獨，因為你的本能會毀滅一切美好而柔弱的事物。

忽地，蒼老而嚴厲的教誨聲在以薩耳邊響起，緊接著長老們的面孔浮現眼前，那一雙雙凜然的眼眸中，帶著明顯的鄙夷。

他不會。

以薩為自己辯解。

他不會做這樣的事，長老們的訓言他一直謹記在心——

重點不是你會不會，而是你不配。你體內流著殘虐瘋狂的血。我們不會讓你再次犯下你父親所犯的錯誤。

什麼錯誤？

長老們沒有回答。但以薩從長輩們的眼中得到了答案。

他就是那個錯誤。

看來，光是活著對他而言就是莫大的恩典了，他實在沒資格再計較什麼。

清新的藥草氣息傳來，隨之一陣沁涼舒緩的感覺覆上額頭。

以薩低吟了聲，意識隨之清明，原先的黑暗被那沁涼感沖回潛意識中。

他緩緩睜開眼，光線讓視線一時模糊，無法立刻看清眼前的景物。

「你醒啦。」

熟悉的嗓音自耳邊響起。以薩轉頭，赫然發現翡翠的容顏近在咫尺。

不僅臉孔近在咫尺，風精靈側躺在他身邊，和他在同一張床上！

以薩反射性地彈坐而起。但翡翠動作比他更快，纖細的手迅速揪住了以薩蒼白骨感的手腕。

「不要亂動，現在還是『親密時光』。」翡翠沒好氣地解釋，「還剩三分鐘就結束，要是你現在退開，時間會再延長。」

以薩盯著翡翠，點點頭。

「……是你帶我回寢的？」

「是啊。」翡翠撇了撇嘴，「你真龐大，要把你抱回來可真不容易……」

「抱歉。」以薩歉疚地低下頭。但他的腦中難以克制地浮現出翡翠抱著他的畫面。

「沒什麼，畢竟是我害你摔倒的，況且用了風浮咒語可以減輕重量。」

「……萬分感謝。」

「話說回來，」翡翠話鋒一轉，似笑非笑地看著以薩，「那些照片是你的？」

「嗯，是的。」

翡翠挑眉，對於以薩如此坦然的承認有些訝異。

看出了翡翠眼中的好奇，以薩主動解釋。「布拉德同學很強大，很有男子氣慨，我非常欣賞……」

「原來如此。」他可以理解，有些人會隨身帶著偶像的照片。別人喜好他管不著，也沒興趣干涉評論，他之所以會特別提問的目的只有一個：「如果你喜歡那種照片的話，下次可以和我買，我算你友情價，絕對比小花賣的便宜。」

「……謝謝。」以薩苦笑。

他本以為翡翠會逼問自己異常的行為，對方卻沒有這麼做。他對翡翠的好感又更上升了些，但對他而言，這並不是好事。

翠綠色的眼眸盯著以薩，目光向下移。「或者以物易物也可以。你的本錢不錯，應該也有市場。」

以薩低下頭，這時候才發現自己光著身子。

「呃！這——為何?!」

「把你扛回來已經夠麻煩了，我沒那個本事幫你穿衣服。」以薩的身高比自己高上許多，手長腳長。靠他一個人的力量，在只有五公分的距離內幫對方更衣這可是高階魔法才搞得定的大工程。「你放心，運送過程中我用毛巾綑著，沒讓你春光外洩。」

「呃，不、不是……」他在意的不是這個。

翡翠坐在他的旁邊，長長的髮絲垂散在床鋪。他發現，其中一綹金絲，橫擱在他的大腿上。不只如此，因為方才的移動，使他的右手指尖被壓在翡翠的臀下。

以薩咬牙，撇開了頭。

如果你的右手使你犯罪，就把它砍下來丟掉；寧可失去身體的一部分，勝過全身進到地獄裡去……

以薩的腦中浮現了這句經文。此刻他對這經文有了深刻的體悟。

看見以薩痛苦的表情，翡翠將手伸向對方的臉。「頭還痛嗎？」

但是手才伸到空中，便被以薩一掌拍開。

翡翠挑眉。

「抱歉……」以薩低下頭。

同時，指環響起一記聲響，親密時間結束。

聽見終止音響起，以薩立即跳離床鋪，目光盯著翡翠，緩緩地退後，退到了自己的書桌旁。

「有什麼問題嗎？」翡翠詢問。以薩的態度讓他不解。

「有……」以薩深吸一口氣，接著拿出皮夾，抽出幾張鈔票，恭敬地走向翡翠，將錢放在翡翠面前。

翡翠眼睛一亮。「說吧，要委託我什麼？布拉德的照片？還是他用過的毛巾？看在你這麼豪爽的分上，我直接把你升級為白金會員——」

「那些……都不必。」以薩長嘆了聲，以帶著壓抑的懇求，「……我只希望，請您……盡可能地遠離我。」

翡翠不語，靜靜地看著以薩片刻，接著開口，「我明白了。」

他沒多說什麼，收起了錢，看起來神情自若地下床，走出以薩的床區。

在踏出床區的前一刻，他忍不住回頭，「可以告訴我理由嗎？」

以薩咬了咬下唇。

他不知道該怎麼解釋。他該如何說明自己根深蒂固的畏懼？如何讓對方了解自己行為的動機？

說了只會讓人感到可笑，感到更加冒犯罷了。

以薩沉默片刻，委婉地給了個答案。「因為，你和布拉德不一樣……」

眼前的風精靈是那麼美好，看起來那麼地不真實。他怕他弄壞、弄髒了這美好的存在。

他不配。

這回答讓翡翠微愣，接著皺起了眉。

這是在說他很弱、毫無男子氣概的意思嗎？什麼怪理由！況且闇血族不是向來排斥獸族？難道比起血統上的宿敵，他更令以薩反感？

「噢，好吧。」翡翠聳肩，像陣風一樣率然轉身。

他才不在意。畢竟人各有所好。他隨性不羈的作風引來不少人反感和敵視，他從未放在心上。

沒什麼好在意的。況且還有錢可拿，怎麼看都對他有利！

翡翠低頭看向手中的鈔票。他發現，這是他頭一次拿著這麼大筆錢，卻沒有預期中開心。

福星坐在客廳，一邊嗑著從廚房搜括來的食物，一邊看著影片。

讀書讀到一個段落的丹絹，走出床區，看見擺在茶几上的食物，皺起了眉。

「你怎麼還在吃？話說那杯是西瓜汁？」

「對啊。你要來一點嗎？」

「不必。你也是，睡前不要喝這個。」

福星眨了眨眼，受寵若驚，「你是在關心我的健康嗎？」

「西瓜水分很多，會利尿，我不希望我的睡眠被打斷而影響明天早上的測驗。」

「我會小聲走路啦。」

「但沖水聲無法降低。」丹絹見福星張口欲言，便瞇起眼，冷聲質問，「你要是敢說不沖水就沒聲音，我就讓你睡陽臺。到時候你想在外頭怎樣吃喝拉撒都隨意。」

被說穿想法，福星尷尬地笑了幾聲，「我才沒那麼髒咧。不喝就是了。」他伸手把飲料推遠一些，接著拿起洋芋片，準備放入口中。

「不准進食。」

「為什麼？吃這個又不會利尿，還有便祕的風險，這樣我就不會半夜想上廁啦。」福星有點自暴自棄地說著。

「我討厭咀嚼的聲音。」

哪有這麼龜毛的！福星在心裡吐槽。

「翡翠都不吃宵夜嗎——呃，算了，當我沒問。」難怪翡翠常會半夜跑來他房間找他聊天吃東西。

「你也去睡吧。」丹絹催促。

「可是我現在睡不著，還想再玩一下。」

「你是小孩子嗎？」

「你是老人嗎……」

「你說什麼？」

「沒事沒事。」

丹絹瞥了福星一眼，「你開著客廳的燈會干擾到我，而且還會有按鍵盤的聲音。」

「那我去翡翠的床區使用總可以了吧。」

丹絹偏頭想了想，「行。但他房裡很雜亂，小心別弄倒東西製造噪音。」

「知道啦。」福星站起身，抱起自己的筆電，嘆了口氣，「看來翡翠和你一起住也挺辛苦的……」

「我才辛苦好嗎？」丹絹用力地翻了翻白眼，「寢室使用公約和規則總是要我再三提醒才記得遵守。我幫他善後好幾次了！」

「可是，那些規矩都是你訂的呀。」福星小聲地反駁，趁丹絹開口之前，趕緊溜到翡翠的床區裡。

丹絹愣愣。他沒這樣想過。

翡翠總是沒有條理、不守規矩、給他添麻煩。但誠如福星所言，這些規矩都是他自己訂的。

當他頭頭是道、信誓旦旦地條列規則時，翡翠從未插過嘴。

任性的風精靈雖然經常無法遵守規則行事，卻對這些規定的存在一點意見都沒有。

這樣看來，或許他任性的程度，和那風精靈沒什麼兩樣吶……

福星窩到翡翠的床區後，像是進入地雷區一樣，步步驚慌，深怕一個不小心踩到了什麼東西，接著必須為那有壞沒壞都一樣沒啥用的商品付出賠償金。

他努力地在房間角落挪出一個空位，縮在其中，把筆電放在腿上，彎著腰看電腦。但看沒多久便全身痠痛，他只好掃興地關機，回到外頭的沙發上躺著。

他想起了理昂。

現在已經晚上十一點多。通常他都會摸魚到快一點才去睡，不是上網就是突發奇想地在半夜整理房間。白天時他有時進進出出，匆忙之際動作難免粗魯。

理昂從來沒有唸過他。

一開始他會覺得自己被忽視冷落，但現在想想，在他的寢室過得非常自在、自由。

這就是理昂特有的溫柔吧。

福星翻了翻身。不曉得理昂現在過得如何呢？

理昂和布拉德回了房間後，便各自行動。

雖然方才在課堂上兩人對彼此有所改觀、暗自讚賞，但是人際互動實在不是他們的強項，若無必要，任何一方都不會主動開口搭話。

半徑五公尺的移動範圍在房裡移動已相當足夠，彼此各過各的，不需要有任何話語。

布拉德回房後沒多久便就寢。他知道闇血族是夜行動物，不少闇血族在夜裡另有活動，但理昂沒開口，他也不打算多問。

理昂坐在自己的床區，安靜地擦拭保養著自己的兵器。通常在夜裡，他會潛出校外，調查白三角，但此刻綁了個累贅在身邊，他只能安分地留在房裡。

整理完兵器，他起身走向客廳，來到窗邊的老位置看書。

翻了幾頁書後，理昂覺得有種不太習慣的異樣感。

他放下了書，思索著這種異樣感自何而來。

以往這個時候，福星通常還沒睡。那小子不是坐在沙發吃宵夜、看電腦，就是和翡翠或洛柯羅聊天。

他已習慣了那樣的吵雜。

此刻，太安靜了。

理昂望向那空無一人的沙發，接著看向福星的床區。想起每天早晨七點半固定會響起、干擾他睡眠的吵鬧電子鐘聲。

他的嘴角不自覺地揚起一絲苦笑。接著低下頭，心不在焉地瀏覽著書頁。

夜晚，何時變得這麼漫長？

早晨來臨。晨曦灑入屋中。

布拉德不用鬧鐘，他的生理時鐘總是準時地將他喚醒。他伸了伸懶腰，享受著晨光，滿意地揚起笑容。

天氣很好，他每天早上總是會去球場和同族的朋友打藍球，接著到體育館沖澡，再神清氣爽地去上課。

布拉德快速地換好衣服，踏出床區，經過理昂那兀自沉浸在黑暗中的床區時，他才意識到咒語的存在。

布拉德掃興地撇了撇嘴。

差點忘了這傢伙。看來他無法去打球了。

不只無法打球，他早上的課全是室外課，必須取消，因為闇血族無法長時間曝曬在陽光下。

「麻煩死了……」布拉德低咒了一聲。但是想到昨晚理昂也沒外出，心中的不滿便稍微降低了一些。

布拉德百般無聊地走向福星的床區，翻了翻福星的食物庫存箱，挑出牛排口味的洋芋片。丟了幾片到口中，他嫌惡地皺起眉，「這才不是牛排的味道！」

他勉強嚼了幾片，便惱怒地把餅乾擱在一旁。

布拉德走向客廳，推開落地窗。清新的風伴隨日光迎面而來，帶給他舒爽的感覺。

他享受著這樣的早晨、這樣的日光。他下意識地轉過頭，看向寢室裡那陰暗的角落。闇血族也可以在白日行動，但是必須躲在暗處，否則便得承擔被灼傷的風險。更別提像他一樣，沐浴在日光下，和朋友打球。

一瞬間，他的心裡竟對這個族裔產生了憐憫之心。

布拉德冷哼，用力地甩開這念頭。

別傻了，這傢伙的同類和祖先，不曉得殺戮多少他的同類。

他走向沙發，發現茶几上擺著一疊書。

最上面的一本，是封皮燙金的《戰爭藝術》精裝版。

布拉德挑眉。

這是幫他準備的嗎？

布拉德想起昨晚的實戰過程，忍不住輕笑。

真是彆扭的傢伙……

布拉德心裡這樣想著，同時將書拿起。

擺在《戰爭藝術》下的另一本書，書封上印著大大的《白痴》兩字，是俄國文豪杜斯妥也夫斯基的作品。

布拉德挑眉。

……這是故意的嗎……

這傢伙就不能好人做到底嗎？真的是彆扭至極！他該不會正躲在床區裡嘲笑他吧？

布拉德放下書，走向那黑暗中的床區。

他停在外頭觀望了一會兒，確定裡頭沒有動靜，便躡手躡腳地步入。

理昂躺在床上，棉被平整地蓋在身上，雙手交疊放在胸前。

像要入斂的死人似的。布拉德忍不住在心裡暗噱。

話說回來，這傢伙也睡得太熟了吧……

他以為理昂會對他有所防範。闇血族樹敵甚多，因此格外謹慎小心。他聽說有些闇血族的學生會在自己的床區設下嚴密的結界，以免任何人趁他們入睡時對自己不利。更別提和宿敵的狼族同住一寢。

但理昂卻沒有。理昂把他和福星一視同仁？這是出於信任？還是，這傢伙壓根瞧不起他？

床上的理昂動也不動，容顏蒼白。難怪大多特殊生命體會對闇血族敬而遠之，不只是因為對方的強大，而是這個族類看起來根本不像「生物」。

他從來沒有這麼近距離地觀察過闇血族。他聽過許多闇血族的傳言，但一直沒有證實的機會。

按照獸族的說法，闇血族不算特殊生命體，因為他們並不是活物，而是一群會動的屍體，是邪惡的存在。因此殺了闇血族不算殺生，只是讓這些死物回歸塵土。

看著那床上那張凜然的睡顏，布拉德忍不住好奇。

……這傢伙到底有沒有呼吸和心跳？

他將手緩緩伸到理昂鼻前，感受到非常微弱的氣息拂上了手背。

嗯，他會呼吸。

那心跳呢？

停在理昂面前的手，向下滑到頸邊，輕輕地貼上了那蒼白的肌膚。

理昂的皮膚非常冰冷，但出乎他意料的是，肌膚非常細緻平滑，和一般人的皮膚摸起來不太一樣。

他對這觸感感到新奇。同時，他也感受到了肌膚底下隱隱傳來的緩慢脈動。

這傢伙是活著的。

雖然看起來像死了，但和他們一樣，都是活著的生命。

布拉德一時失神，手就這樣停留在理昂的脖子上。

忽地，床上的人睜開了眼。

深色的瞳眸瞪向布拉德，布拉德趕緊收手。他本以為理昂會對他發動攻擊，便反射性地一躍退到門邊，以日光做為護盾。

但理昂只是坐起身，冷聲開口，「有事？」

「呃……」布拉德微愣，但他立刻回神，掰了個藉口，「那個，浴室的水龍頭壞了，我來告訴你一聲。」

理昂掃了布拉德一眼，「但你身上是乾的。」

布拉德在心裡低咒一聲。他恨透了闇血族的精明。

「我說錯了，其實壞的是馬桶，它……塞住了。」

「……我知道了。」理昂應了聲，接著筆直地躺回原位。

布拉德站在門邊，看著理昂，頓時對自己的行為感到一陣羞愧。

他總是嘲諷闇血族是卑劣的小人，但他自己也沒啥兩樣。

走向客廳，看了看時鐘，此刻才七點整。

他有一整個早上的空閒時間，就算只能待在房間裡，他也可以做很多事。

第一件事，他得去把馬桶弄壞……

真像個白痴。

傍晚，人類社會學課的學生聚集在教室裡，等待著第二次的牽線分組。

經過一整天的相處，有些組別的學生笑容滿面、依依不捨，有些則像是等著上離婚法庭的夫妻、彼此都沒好臉色。

福星和丹絹這一組早上都有課，便用抽籤的方式決定去上哪一堂。理昂大約下午四點、日頭斜曬時起床，沒課的他便跟著布拉德一起去上了古生物學。

至於以薩和翡翠，兩人沒有任何互動。翡翠收了錢後非常信守諾言，像是道影子一樣跟著以薩，以薩要去哪他就去哪，沒有任何意見。

這樣的距離和態度，雖然讓以薩感到安心，但是看著那淡漠無聲的翡翠，心裡卻萬分歉疚。

他知道自己的話語傷到了對方，但那麼美好的東西，不能被他弄壞弄髒……

翡翠看著以薩，感覺到一陣煩躁。

又是這個眼神。

他本以為以薩討厭他，所以才提出那樣的要求。但是一整天下來，以薩卻又不時露出歉疚和關心的神情。莫名至極！他討厭這種曖昧不清的矛盾感。

不管怎樣，這場鬧劇今晚就會結束。到時候各走各的，他也不用在意這麼無意義的瑣事……

「大家和自己的好伙伴相處得如何?是不是更貼近彼此、更明白與人相處之道了呢？」派利斯笑容可掬地看著臺下的學生。

低咒聲連連響起，但聽在派利斯耳中，自動被轉換為贊同的回應。

「準備好面對第二日的伙伴了嗎？」派利斯笑了笑，接著啟動咒語。

紅絲線再度自指環上射出，在空中交織連結，布成網絡。

「哇，布拉德我和你一組。」福星興奮地開口。

「嘖。」布拉德露出了不耐煩的表情，心裡卻暗暗慶幸。

「我和理昂一組！」洛柯羅開心地宣布，興高彩烈地跑到理昂身邊。

理昂看著洛柯羅，在心裡暗嘆。

洛柯羅經常來找福星，他很清楚洛柯羅的個性。洛柯羅比福星更沒常理可言，像是過動的小孩一樣，完全無法預測。

丹絹被和隔壁班的蛇精連為一組，兩個人修過共同的選修課，彼此還算熟識。紅葉則是和珠月湊成對，小花連結到了芮秋，妙春則是和一個原本就頗要好的鹿精在一組。

至於以薩，他戒指上的絲線，連著的仍是那美麗的風精靈。

「這是隨機分配，所以有可能抽到同一個人。』」派利斯在臺上宣告，「好好珍惜這難得的羈絆和緣分吧。」

噢，不……

神啊，這是為了懲罰他心有邪念所給他的試煉嗎？

翡翠看見以薩沮喪的表情，心裡一陣惱怒。

「放心，你昨天付的錢夠抵兩天。委屈你再容忍我一天了。」他賭氣地淡然開口，接著撇過頭，遠離以薩，和其他同學聊天。

以薩感覺到翡翠的不滿，他想告訴翡翠自己並不感到委屈，想要向翡翠解釋，但最後放棄。

算了，就這樣吧。

分配完搭擋後，學生各自離去，進行原本的課程。

「喂，你有課嗎？」布拉德邊走邊問福星。

「有啊。」

「什麼課？」

「特殊生命體進階實用護理。」這是選修課。修習這堂課的多半是女學生，但福星自知戰鬥力不強，一不小心就會把自己弄死弄傷，基於實際需求，他選了這堂課。

布拉德不以為然地嗤了聲，「那種課少去一堂不會怎樣！和我去上格雷西柔術。」

「我去只會被當沙包打吧！」

「你不是修了進階護理，正好可以應用。」

「複雜性骨折的治法下下堂課才會教啊！」

「行，說說看你會治什麼。我就朝你會治的部位攻擊。」

「哪有這樣的！」福星嘆了口氣，非常無奈地拿出手機，嘀咕，「看來只好請珠月幫我向教授請假了——」

還沒按下撥號鍵，手機就被布拉德一把搶去。

「又怎麼了？」

「我剛想到，今天的格雷西柔術是由助教帶領複習，我已經很熟練了，少一次練習沒有多大影響。不如陪你去上課，順便吸收新知。」

「真是謝謝你喔。」福星偷笑。

布拉德瞪了福星一眼，「你有意見？」

「沒有！我只是覺得，你這麼無私地捨己為人，珠月要是知道的話一定非常讚賞。」

布拉德不以為意地輕哼了聲，嘴角微微揚起。

理昂和洛柯羅離開教室，一路上，洛柯羅滔滔不絕。

「理昂，你想吃可麗餅嗎？」

「不想。」

「可是我想吃。」

「噢。」

「理昂，你身上有帶吃的嗎？」

「沒有。」

「你都不會突然肚子餓嗎？」

「不會。」

「你好厲害喔！」洛柯羅崇拜不已。「理昂你要聽笑話嗎？是福星告訴我的，超好笑。有一天香蕉走在路上，然後嗯……總之他最後竟然變茄子了！超級好笑的吧！啊還有……」

理昂覺得腦子隱隱作痛。他本想淡然以對，讓對方自討沒趣地閉嘴，但是這招對洛柯羅沒有用。

「你有課嗎？」理昂只好轉移話題。

「沒有，你呢？」

「進階黑魔法。」

「是喔，那一起去吧！快點快點。」洛柯維笑著催促。

「還有半小時才上課。」

「我知道呀。可是食堂離咒法教室很遠，所以動作要快。」

「食堂？」

「對啊，我剛才不是說我想吃可麗餅？」洛柯羅搖了搖頭，看起來像在教導小孩一般開口，「要認真聽別人講話啦。」

理昂感到一陣無力。他本以為和獸族繫在一起是最糟糕的組合，看來他錯了。

兩人繞去食堂，等洛柯羅買到可麗餅之後才趕去教室。當他們抵達時，已經遲到兩分鐘了。

所有的目光盯著晚進門的兩人，眼裡充滿了詫異。洛柯羅的手上還拿著吃到一半的草莓可麗餅，濃郁的香氣與擺滿血腥咒具的教室格格不入。

臺上的教授冷眼瞥了理昂一眼。一般情況，他會對遲到的學生加以訓斥，但他聽說過派利斯搞出的新花招，便放了兩人一馬。

理昂坐入老位置，拿出筆記本開始聽課。

進階黑魔法是少數他認真聽講的課程。這門課並不容易，而且學生在上課時受重傷的機率遠超過其他課程，甚至有人曾經死在課堂上。

但這危險而致命的特點，便是吸引他前來的原因。

他必須致命到一次便殲滅所有敵人。

臺上的教授仔細地重複每一個咒語的細節及步驟，為了讓學生銘記在心，減低失誤的機率。臺下的學生認真聆聽，深怕記錯任何一個細節，導致咒語反噬。

教室裡一片肅穆。但這份凝重被一記呵欠聲打亂。

洛柯羅打了個呵欠，伸了個懶腰，毫不掩飾地展現自己的無聊。

「為什麼你要修這門課？」洛柯羅好奇地發問，「現在這個時段還有慶典魔法和音樂劇鑑賞課，那個好玩多了。」

「是。」

「黑魔法的殺傷力比一般物理攻擊來得強而有效。」理昂簡短回應。

「所以你是特地來學殺人的方法喔？」

「你覺得這堂課很有趣？」

「我覺得這堂課很有用。」

「是喔。」洛柯羅撐著頭，看向講臺。

教授切換著投影片，展示著中咒的人生理上會產生什麼病變和傷害，以及施咒不當時，下咒者會有什麼慘痛的下場。那畫面十分地血腥殘忍。發爛的傷口被鮮紅的小疙瘩布滿，上頭滲透著淺黃色的晶亮體液。

「噢……」洛柯羅忍不住發出一記呻吟，在安靜的教室裡相當清晰可聞。

「會怕的話就別看。」理昂低聲警告。

「噢，沒啦，那個讓我想到昨天晚餐的櫻桃派。」洛柯羅舔了舔嘴。

座席間響起了小小的反胃聲。

「你不怕？」

「有什麼好怕的？」洛柯羅笑著反問，「死亡本身沒有什麼可怕的，那只是另一個開始。」

理昂挑眉，「你相信鬼魂的存在？」

「因為那確實存在呀。人死了之後，魂魄會去另一個地方，展開永無止境的新旅程。」洛柯羅認真地說著。「沒有一個生命例外喔。」

「是嗎……」理昂冷笑，「那麼，我的手染了那麼多人的血，會下地獄吧。」

「哈哈哈，」洛柯羅笑了笑，「誰的手是乾淨的呢？」

理昂看著洛科羅。

這一瞬間，他突然覺得眼前這看似痴傻的同學高深莫測。

洛柯羅轉頭看向講臺，接著拿出手機看動畫節目。安分了沒多久，便再度坐不住。

「還要待多久才能走？」

「現在要進入實作。做完就可以離開了。」理昂輕描淡寫地說著。

雖然只剩實作，但這是課程裡最困難的環節，初次施咒者通常得耗費相當長的時間，一方面是因為學生們出於謹慎而放慢了動作，另一方面則是因為，要召喚並駕馭黑魔法本身就相當困難。

「是喔，要怎麼做？」

理昂指了指放在每組大桌旁的模擬生命體人偶。

「對著這個人偶，施展剛才教授教的咒語。」

「我看看。」洛柯羅瞥了黑板一眼，接著皺起眉，「字好多，好煩。總之把那個人偶弄得和照片一樣醜就好了，對吧？」

「是沒錯……」

「簡單。」洛柯羅走向人偶，接著舉起手，對著人偶的身軀，流暢地吟誦起一段咒文。

「啪！」

一陣閃光閃過，速度之快，讓人看不清發生了什麼事。而原本佇立在桌邊的人偶，此時已經倒落在地，全身黑爛，皮肉模糊。

理昂錯愕。

他知道洛柯羅在魔法上有著過人的潛力，但他沒想到實力竟如此驚人。

「行了，走吧走吧。」洛柯羅迫不及待地起身，接著，像是想到什麼事情，坐回原位，「差點忘了要寫名字，不然被人家借去用就不好了。」

他拿出一張紙，匆匆寫下幾個字，然後走向焦爛的人偶，將紙張鄭重地貼在人偶臉上。

理昂瞥了地上的屍偶一眼。黑爛的屍體上，貼著「理昂・夏格維斯」的字條，看起來相當不吉利。

「理昂，這邊！」洛柯羅對理昂招了招手。

理昂暗嘆了聲，默默地跟上洛柯羅的腳步。

兩人離開教學大樓，穿越校園。

一路上，洛柯羅開心地哼著歌，看起來心情很好。完全無法和方才施展咒語、瞬間將人偶化成爛屍的人聯想在一起。

「……你很強。」理昂忍不住開口詢問，「你的能力從何而來？」

「我守護很重要的東西，所以必須強大。」洛柯羅笑著回答，「不過那是以前的事了，現在我只要開開心心地過日子，等待需要我出馬的時刻。你呢？理昂。」

「……我曾經也有想守護的事物。」只是已經不存在了。

他渴望力量，是為了復仇與殺戮。

「是喔。」洛柯羅點點頭，「那你現在沒有想要守護的東西了嗎？」

理昂的腦中閃過些許的畫面，畫面中有個弱小的人影。

他將那畫面壓下，轉移話題，「你要去哪？」

「去我的祕密遊樂區。」洛柯羅神祕一笑。

「寒川，開門！開門！」

洛柯羅用力地敲著教師宿舍的門，大聲嚷嚷。

理昂非常後悔，早知道洛柯羅指的祕密遊樂區是寒川的宿舍，他絕對會極力阻止。

「教授可能不在。」

「才怪，這時候他都在房間裡。」洛柯羅繼續敲著門，「寒川！快開門，你是不是想偷偷獨占蛋糕——」

門扉猛地打開。

「吵死了！那本來就是我——」寒川正要發飆時，赫然發現跟在洛柯羅身旁的理昂。

「你怎麼也來了？」

「派利斯教授他——」

「行，我知道了。」理昂話還沒說完，寒川便露出了理解而厭煩的表情。

門開啟後，洛柯羅一馬當先地進屋。理昂站在門口，不確定自己是否該跟著進門。

「進來吧。」寒川沒好氣地開口。

理昂默默進入中內，非常識相地站在玄關處，等著寒川指示才進行下一步動作。

洛柯羅則是熟門熟路地坐入沙發，彷彿主人一般，拍了拍身旁的空位。

「快過來呀！坐這邊，理昂！」

理昂看向寒川。寒川沒好氣地揮了揮手。

「我要喝可可。上面還要放棉花糖，像你之前喝的那樣。」洛柯羅繼續開口。

「我不知道你在說什麼。」寒川渾身一僵，厲聲否認，「這裡只有茶和咖啡。」

「那我要奶茶。理昂也要嗎？」

「不用，謝謝。」理昂客氣而精簡地回答。

寒川碎念幾聲，接著看了理昂一眼。理昂和平時沒什麼兩樣，喜怒不形於色，沒有任何特別反應。這讓寒川非常滿意。

「你們就在這裡自己打發時間吧。」寒川冷聲下令。

理昂聽得出，寒川在暗示他們只准在這範圍移動。

但寒川進入廚房後，洛柯羅就開始不安分，擅自跑進裡側的房間。

「寒川，你的彼德小兔是不是少一本啊？」洛柯羅的詢問聲從房裡傳來。

「有少也是你拿的！」寒川端著茶走出廚房，看到理昂，又補了一句，「那是我幫侄子保管的書，別亂動。」

理昂沒有任何反應。他對別人的事並沒有興趣。

「這裡只有五本。」洛柯羅捧著書走出房間。

「那系列本來就只有五本。」寒川不耐煩地回應，「我幫我侄子買的，我很清楚。」

「是嗎？」洛柯羅懷疑，「可是我上次去書店看到一本小兔子繪本，不在這五本裡面。你是不是拿去當睡前讀物放在床邊呀？」

「並沒有！」

「那個……」始終安靜坐在一旁的理昂開口，「你說的是天鵝絨小兔吧？那是瑪格利·威廉斯·比安可的作品，描述小男孩的絨毛兔玩偶變成真的兔子的故事。」

寒川看了理昂一眼。

洛柯羅偏頭想了想，「好像是耶！寒川你有嗎？」

「在架上，自己去找。」寒川不耐煩地指示，接著看向理昂，「沒想到你也知道這故事。」

「……我妹妹很喜歡這系列繪本。」想起莉雅，理昂的眼中閃過了複雜的神色。

「噢，原來是『你妹妹』喜歡。和『我侄子』一樣呢。」寒川在心裡暗笑，看理昂覺得更順眼了些。

看著態度變得柔和的寒川，理昂感到一頭霧水。

「寒川，我找不到書。」洛柯羅的叫喚聲再度傳來。

「怎麼會找不到！你有用眼睛找嗎?!」寒川起身入屋。

理昂坐在原位，啜了口茶，靜坐片刻，便起身在客廳裡悠閒踱步。

寒川的宿舍裡有許多書，光是客廳便有著三大櫃書牆。

他走向書櫃，看著上頭的書。多半和學術研究或歷史有關，沒有擺放任何娛樂性質的閒書，更沒有什麼插畫繪本。

愛面子的傢伙……理昂在心裡淺笑。

他的視線一一掃過架上的書，忽地被一本猩紅色的老舊書籍吸引——《絕殺禁級咒語》。

理昂眼睛一亮。他聽過這本書，書裡記載著來自世界各地的致命咒語，是博士等級以上的專業人員才有機會接觸並學習的禁書。

理昂伸手將書取下。

「這本書裡的咒語光是閱讀都有一定的危險性，你還不夠格看。」警告聲在一旁響起。

理昂回首，只見寒川正冷臉望著他。

「如果能變得強大，這一點風險不算什麼。」

寒川盯著理昂片刻，接著語重心長地告誡，「眼中只有殺戮，會讓你的道路便得狹隘。」

「狹隘有狹隘的好處，至少能讓我不至於對無意義的事分心。」

寒川冷笑，似乎不予苟同，「這麼狹隘的路，只夠一個人行走。」

「正合我意。」

「但是，你的道路上已經不只你一個人了。」

理昂不語。

教師警報鈴傳來陣陣響聲。寒川轉身，走向書房。

「發生什麼事了？」洛柯羅端著蛋糕從廚房走出，一臉擔憂，「該不會是食堂出事了吧？」

「並不是。」寒川看著咒鏡傳來的消息，「教學大樓那裡好像出了點狀況。」

夜晚的上課時段，以薩原有冷兵器近戰課程，由於行動受咒語限制，於是他便跟著翡翠來上進階魔藥草學。

進階魔藥草學課的教室，位於溫室之中。以薩和翡翠坐在同一張大桌，但中間隔了兩個空位。來到教室的一路上，兩人不發一語，連目光也沒有交會過。

以薩感覺得出翡翠的不悅，他無奈暗嘆，接著把注意力放在溫室裡的植物上。

教室的四圍擺滿了帶著魔力的奇異花草。有些花朵的顏色異常地詭譎豔麗，看起來彷彿非自然界的花朵。

以薩很喜歡花草，這是他生命裡唯一被允許接觸的美好事物。他看著攀附在架上的藍色花朵，眼中流露出憐愛的神色。

「今天的課堂需要用到棘血蘭，處理的過程請留意花瓣上的隱刺……」教授站在前方吩咐，學生們紛紛起身動作。

翡翠起身，來到架前領取器具。木製搗藥缽放在架子的最高處，遠超出他的身高，翡翠吃力地踮起腳，努力地撈搆，仍差了幾吋。

這時，高大的身影從後方籠上，一道修長而慘白的手橫過他的頭，將搗藥缽取下，遞到他面前。

翡翠接下缽，回頭，正好看見以薩避如蛇蠍地向後退離。

這樣的舉動讓翡翠更加火大。

這算什麼？

翡翠步回座位，無視以薩，自顧自地切著棘血蘭的花辦與葉片。過程中因為動作太大，不慎被藏在花瓣裡的刺絨扎到手。

翡翠嘖聲，放下花朵，走向洗手檯清理。

當他折返時，座位上擺放著已細細切碎、排列整齊的花與葉。

翡翠看向以薩。

對方維持著原先的姿勢，雙手交疊放在桌面，低著頭，看起來彷彿在低頭祈禱，但那雙微微泛紅的蒼白手掌出賣了他。

「你這是什麼意思？」

以薩頭也不抬地小聲回答，「我的手比較粗，不怕刺……」

翡翠挑眉。

這算什麼?!這傢伙也太過矛盾了吧！

翡翠搖了搖頭，低頭專注在課程上。這傢伙的行為比市場風向更難預測，更難理解。

下課鐘聲響起，翡翠自顧自地起身，將以薩拋於腦後。以薩亦步亦趨地跟在後方，維持著一定的距離。

兩人來到電梯前，等待著電梯抵達。

翡翠轉頭，看向以薩。以薩像是被貓盯上的老鼠，縮了縮那高大的身軀。

「你在想什麼？」翡翠朝以薩跨近一步，以薩便退後一步。「我哪裡得罪你了？」

「沒有得罪……」以薩低聲回答，「是生理上……沒辦法接受……」

翡翠愣愣。這回應令他哭笑不得。

「我明白了。」

電梯門正好開啟。翡翠和以薩一前一後地步入。就在門要關上前，翡翠像陣風一樣地躍出電梯。

「如你所願，我會盡可能地遠離你，免得你對我產生不該有的生理反應。」

「並不是——」

以薩想辯解，但翡翠早已燦笑著按下了關門紐。

在門扉要闔上時，他看見以薩露出了驚恐的表情，舉起戴著指環的手。

這時翡翠才意識到自己犯下了嚴重的錯誤。

他們要是分開超過五公尺遠的話，就會被咒力拉向彼此。

隔著鋼板電梯和水泥牆，在這樣的情況下被強制拉近，必定會重傷。

翡翠連忙按下開門鍵，但已來不及了，電梯開始向下。

電梯內，以薩猛力地敲著鋼板，想把門掰開爭取時間。但不到三秒，兩人的距離便超過五公尺，強大的拉力將以薩整個人被扯向電梯門，並且向上提。他就像是被釘在門上的標本，動彈不得。

壓迫感使他難以呼吸，他咬牙苦撐。

但比起自己，他更擔憂電梯彼端的人。他不敢想像，在這樣的拉力下，那美麗的風精靈會變得怎樣。

「翡翠！」以薩咆哮，使盡全力地往鋼板揮拳而去，將電梯門硬生生地打穿了個洞，稍稍減緩壓迫感。

不行，還不夠，他的力量不夠強——

下一刻，一陣劇烈的爆破聲響起。

他抬頭，從門板上的洞他看見翡翠自上方翩然降下，彷若天使。

他感受到身上的拉力瞬間減弱，同時，扭曲的電梯門向兩側飛開。少了電梯門的阻擋，他的身子像是離了弓的箭一樣，向外飛射，最後墜跌進柔軟而溫暖的懷抱之中。

以薩仰躺在翡翠的腿上，不斷重咳，他想要移動身子，但疼痛感使他一時難以翻身。

「你沒事吧？」翡翠關心地詢問。

以薩搖頭。

翡翠苦笑，「害你遭遇這樣的事，這下你更討厭我了吧？」

「沒有……我沒有討厭你。」以薩用力否認，「只是我不配……」

「什麼？」翡翠困惑。

以薩望向翡翠。此刻，那清麗的容顏布滿了碎石塊和灰屑，還有一道滲著血的傷口。

以薩伸手，想用袖口抹去翡翠臉上的血漬，卻讓那抹殷紅變得更加觸目驚心。

「被我弄髒了……」

「沒什麼大不了的。」翡翠隨手抹去臉上的灰，「你該擔心的是我們闖出來的禍。」

以薩轉頭，看見翡翠製造出來的災情。

地面被鑿穿了一個大洞，電梯門古怪地扭曲著，彷彿被撕爛的包裹。

以薩眨了眨眼，「你弄的？」

「是啊。我用暴風咒把地面炸開，然後用風壓破壞門板。不然我們都會變成絞肉。」

翡翠沒好氣地解釋，「都怪你太笨。你在電梯裡，按下強制停止鍵的話就沒事了。」口裡雖這麼說，但沒有責怪的意味，畢竟在那當下亂了手腳也是正常的。

翡翠長嘆一口氣，「這下賠慘了……」

「不用擔心。」以薩認真地說著，「我不聰明，但是我很有錢。」

翡翠愣了愣，接著嗤笑出聲，「你這傢伙，炫耀個什麼勁啊。」

以薩笑了。

美麗的事物通常很脆弱，但翡翠非常強大。就像是雕鏤華美的武器，外表的華美，不減它致命的本質。

看以薩笑，翡翠也跟著笑。

雖然他對以薩先前的態度仍感到困惑不解，但此刻他已經不在乎了。管他的。生理無法接受也無妨，至少他沒被討厭。

派利斯的友情交流活動，因為以薩和翡翠引起的騷動，被迫提前終止。

繫連在學生之間的咒語切斷，所有學生重拾自由，得以照著自己的步調活動。

學生們鬆了口氣，但是心裡深處有些小小的失望。雖然這個活動帶來了許多麻煩和不便，其實還頗有趣的。他們永遠不會承認這點。

事過之後看似再度歸於平靜，但餘波仍然在人與人之間迴盪著。

週末傍晚，布拉德一伙人打算離校進城狂歡。

「八點在宿舍門口集合，別忘了帶假證件。」布拉德站在走道上，對著同伴提醒著，接著轉過頭，看向坐在一旁收拾東西的理昂。「喂，你也是。」

理昂微愣，他沒想到布拉德會主動邀他。

「發什麼愣？」布拉德嗤聲，「莫非你想到了什麼不堪回首並令你羞愧的往事？」

理昂聞言挑眉。這傢伙是在引用《白痴》裡的句子嘲諷他嗎？

布拉德回以挑釁的笑容，「別小看人啊，白痴。」語畢，轉頭離去。

看著布拉德的背影，理昂的嘴角淺淺勾起。

翡翠蹲在雜亂的床區裡，清點庫存商品。丹絹則是照例用小型吸塵器清理屋子裡的死角。

過沒多久翡翠放下手邊的工作，打開冰箱，拎著從食堂打包的食物，準備步出房門。

「你要去哪裡？」丹絹開口。

「去交誼廳吃宵夜。」

丹絹沉默了一秒，開口，「在房裡吃吧。」

「喔。」翡翠訝異，但乖乖地折返，坐入沙發。

「你沒去倒垃圾。」丹絹冷不防地再度開口。

「喔，抱歉抱歉……」他趕緊起身，但是丹絹再次開口。

「我已經倒了。下次記得。」

翡翠挑眉，狐疑地看著丹絹。

「幹什麼？」

「我要進貨新產品，給我三百歐元。」翡翠開口。

「為什麼我要給你錢購買垃圾？」

「噢。」翡翠悻悻然地收回手，「你今天特別溫柔，我以為你病了，想說趁機拉個贊助……」

丹絹怒翻白眼。

「那，我可以在浴室裡種迷幻蘑菇嗎？或在陽臺蓋蜂箱養蜜蜂？」

「你這傢伙別得寸進尺了！」

深夜。闇血族活躍的時刻。

凌晨三點，理昂坐在窗邊看書。福星床區的燈也是亮著的，裡頭斷斷續續地傳來微弱的電子配樂聲。理昂從聲音推斷出室友又熬夜打線上遊戲。

過沒多久，聲音停止。接著一臉倦容的福星步出房門，行屍走肉一般地走進浴室，片刻又搖搖晃晃地走出。

看得出福星已將所有體力用盡，撐著最後一絲意志上完廁所。返回時，福星迷迷糊糊地走進理昂的床區，接著傳來一陣悶響。

理昂挑眉，起身走向自己的床區。只見福星呈大字形癱趴在自己的床上，連被子都沒蓋，就這樣進入夢鄉。

理昂暗嘆了聲。他伸手將福星橫抱而起，放回福星自己的床上，再輕輕地將棉被蓋上。

他想起了莉雅。許久以前，他也曾這樣抱著玩到睡著的妹妹回寢，為對方蓋被。

看著福星那安詳的睡顏，一股緩和而安定的平靜感將他包覆。

他似乎暫時忘記了痛苦，忘了他對整個世界的仇恨。

良久，他回過神，退出福星的床區。

他知道，這樣的平和與安詳只是暫時的。戰爭和復仇的血淚，在不遠的未來等著他。

他的復仇之路會沾滿了血，而且只容他一個人行走。

即便如此，在那染血的爭戰到來之前，他非常願意享受這虛假而短暫的和平。

——〈換室友比換枕頭更讓人睡不習慣・下〉完

高寶書版集團
gobooks.com.tw

輕世代 FW271

蝠星東來06

作　　者　藍旗左衽
繪　　者　ダエ
編　　輯　謝夢慈
校　　對　任芸慧
美術編輯　彭裕芳
排　　版　彭立瑋

發 行 人　朱凱蕾
出　　版　三日月書版股份有限公司
　　　　　Printed in Taiwan
地　　址　臺北市內湖區洲子街88號3樓
網　　址　www.gobooks.com.tw
電　　話　(02) 27992788
電　　郵　readers@gobooks.com.tw（讀者服務部）
　　　　　pr@gobooks.com.tw（公關諮詢部）
傳　　真　出版部　(02) 27990909　行銷部 (02) 27993088
郵政劃撥　50404557
戶　　名　三日月書版股份有限公司
發　　行　英屬維京群島商高寶國際有限公司台灣分公司
　　　　　Global Group Holdings, Ltd.
初版日期　2018年5月
四刷日期　2021年4月

國家圖書館出版品預行編目(CIP)資料

蝠星東來 / 藍旗左衽著.-- 初版. -- 臺北市：三日月書版股份有限公司出版：英屬維京群島高寶國際有限公司臺灣分公司發行, 2018.05-
面；　公分. --

ISBN 978-986-361-536-1(第6冊；平裝)

857.7　　107005970

三日月書版

三日月書版

GOBOOKS
& SITAK
GROUP©

GOBOOKS & SITAK GROUP ©